AF399444

Till och för Philip.

FSC
www.fsc.org
MIX
Papper från
ansvarsfulla källor
Paper from
responsible sources
FSC® C105338

Snabbnudlar i Bollebygd

Victor Sköld

Förlag: BoD – Books on Demand, Stockholm, Sverige
Tryck: BoD – Books on Demand, Norderstedt, Tyskland
ISBN: 9789179692681

"If you live to be a hundred, I hope I live to be a hundred minus one day, so I never have to live without you."

- Nalle Puh

Förord

Villkorslös passion. Greppbar för enstaka,
oförklarlig för andra. Se bortom prestige och
ignorans. Se bortom egoism och hat. Att ge upp
sig själv till en viss nivå för att få en annans
tillvaro att verka bättre än vad som först troddes
vara möjligt. Att se hur ansträngning som
grundar sig i vilja, gör att leenden sprider sig på
ansikten och drömmar formas till skräddarsydda
idéer. Hur väl valda meningar skapar en värme
hos mottagaren som gör att den som håller
handen aldrig vill förloras. Men även hur en
kraftig kärleksförklaring kan skölja över den som
blir älskad, till att det skapar motsatta
sensationer. Hungrande hjärtan som för andra
ses som ett känslomässigt förfall. Hur en drivkraft
att leva livet till fullo kan leda till möjligheter, till
sårbarhet. Att det i slutändan var värt varenda
sekund, men att resan dit gick framåt med skyfall
och solsken i omgångar. Passionen leder

förhoppningsvis rätt, får liven som delas att bli finare, större och den grund att stå på som varit saknad. Den villkorslösa passionen kan enbart hoppas att bitarna faller på plats. Och om de inte faller i linje med varandra, då har ändå ett liv levts, det har fått känna kärlekens strålar titta in genom sprickorna.

Detta är en historia om hur två individer finner varandra ur liv som skiljer sig åt. Hur allting känns rätt i ungdomens önskningar och begär. När de ord som sägs får hjärtat att hoppa över slag, får drömmar att bli till verklighet. Orden som följer är en återgivelse av öden som skapar mer men av någon anledning också dräper det som är viktigt för en. Resultat som vissa människor lever med som petitesser, som andra väljer att grubbla över ensamma i deras tomma sängar. Historien följer resan för två unga människor som finner varandra i olika stunder av livet när saker ska bli som de är uttänkta. När det inte passar helt, eller kanske passar perfekt. Bara läsaren kan avgöra utifrån sina egna erfarenheter och aktioner som skett i det som är våra korta liv om historien är vad den blev.

Bakgrunder och karaktärer i boken är ur fantasin och likheter med verkliga personer och platser är en tillfällighet. Inga namn eller platser har återgetts i sin verkliga uppfattning, utan baseras på min tolkning och upplevelse av händelser som skett i det egna livet. Boken är en hyllning till en bäste vän som genomlevt ett liv där passionen för en annan skapat resor åt bägge håll. Boken är en gåva till det som är hans person. En person som alla borde ha i sitt liv, en person som ingen får ta som en självklarhet. Passionen för andra i hans kropp är en gåva och den är där för att värnas om. Om inte, kan de som inte ser storheten förpassas till dåtid.

Kapitel 1 – Brusten dröm

Vattnets hinna bubblar i raseri, ytspänningen har fått ge vika för en högre kraft. Enstaka droppar studsar ut från vattnets fängelse och landar på spishällen. Vid sidan av kastrullen bränns dropparna upp till ånga. Utan att få ett verkligt farväl. Vredet vrids åt vänster, sänker temperaturen. Lagom högt för att tillaga en blodsockerhöjning. Lagom hett för att undvika konflikt. En droppe till flyr från vattnet. Går samma öde till mötes. I huset är det tyst och ingenting hörs. Förutom fåglarna utanför köksfönstret, förstås. De sjunger om någonting vackert, det sista raseriet från vattnets yta gör sitt yttersta för att agera bastrumma. Händerna blir utsatta för heta droppar när kastrullen berörs. En efter en bränner de till den nakna huden på handryggen och underarmen. Dropparna räds inte konsekvenserna. En röst yttrar ord och läten som knappt hörs. Bara för personen själv. En av fåglarna som sjunger, stannar till vid fönstret. Med dess ögon blickar den varsamt in genom glasets skikt. Ögonen är små nog att passa i en målning men ändå kapabla att uttrycka känslor. Blanka nog att spegla förväntningar inom. Fågeln plockar upp en minimal kvist på bordet som står placerat vid fönstrets kortsida, den ser sig om och blir snart ett minne i morgonen. Bubblandet ökar när hällens styrka ökat av misstag. En handflata har vilat mot ett plustecken. Ett pekfinger vilar nu mot ett minus. De sista dropparna som kan fly, gör det nu. Vattnet landar intill och möter kylan som är oundviklig, men oavsett inte önskad. Fåglarna är nu försvunna. Kanske behövde de tid för sig själva.

Ytterdörren öppnas. Utanför har det börjat bli kallare. Bilens vindruta är täckt av frost. Små fotavtryck finns på bilens kaross. I skogen finns nyfikna varelser, och de har varit på besök ännu en gång. Den trasiga bilen står intill, den som ingen orkat bry sig om senaste halvåret.

Bekymmer har hopats och den trasiga drivlinan har hamnat i skymundan. Det bakre vänstra hjulet är snart ståendes på endast fälg. Men detta noteras inte ner i ett sinne som vill hitta ro. Brevlådan står stadig i helgmorgonen när tysta steg tas mot densamma. Frosten ligger tät över stenarna som placerats ut som en stig kring det nybyggda huset. Andedräkten syns även den när en pustning lämnar kroppen och brevlådans lucka läggs tillbaka och ansiktet riktas tillbaka mot huset. Ögonen söker fasaden, utan att ta hänsyn till de andra sprickorna i morgonens lugn. Vid sidan av ytterdörren är träplankorna, som utgör en massvis vägg, intryckta. En stressad partner har parkerat bilen där av misstag, och nu behöver också det justeras. Bekymret glöms av på väg mot dörren, som fortsatt släpper in kylig luft. Ett djupt andetag tas och smörjer lungorna innan stigen korsas och tofflorna lämnas på dörrmattan. Handtaget har blivit kallt, och möter värmen inomhus vid samma ögonblick som dörren stängs.

Hallens ljus skapar bländande reflektioner som sprider sig till ögat och vidare in mot vardagsrummet. De vita väggarna är nyligen målade, men har redan fått karaktäristiska drag av att det faktiskt bor människor i huset. Vid ytterdörrens närmsta vägg är fingeravtrycken många, och golvets matta plattor har lera från utsidan på sina annars rena ytor. I taket hänger två kedjor ner som tillsammans håller upp en lång pinne. På pinnen hänger alldeles för många jackor och halsdukar. Detta trots att vinterhalvåret fortfarande är månader bort. Foten halkar till mot lera som gömt sig under en vante och armarna får söka febrilt efter stöd för att inte ramla ner på golvet. Stödet blir pinnen hängandes från taket och samtidigt som den greppas i ren desperation, gungar samtliga plagg till. I ett par sekunder verkar räddningen ha varit utan konsekvenser, sedan rasar pinnen ner till golvet. En av två kedjor har släppt taget om takets skikt. Damm ramlar ner över kroppen som vilar bland vinterjackor från dyra märken. En hög suck hörs i hallen. Från högens utgångspunkt syns ytterligare hål i väggarna från barnlek. Någonstans i dessa defekta punkter påminns tillvaron om det vackra. Att saker och ting är väl i det som varit, det som kommer att bli.

Högen i hallen får ligga kvar, ännu ett oplanerat projekt att åtgärda. Om det inte fanns saker att lägga tid på, kan det alltid adderas. I köket kokar vattnet fortfarande, och ingenting har förberetts mer än det som ställdes fram innan gårdagen blev till natt. Någonting kom emellan, ord utbyttes som fick resten av timmarna att präglas av valda versaler. Pekfingret söker minustecknet igen, och minskar vattnets bubblande. Glömskan kring att ordna innan det som betyder allt vaknar, blir påtaglig. Posten var ej av intresse, men ändå en rutin. Vattnet kokar inte längre, två steg framåt, tre bakåt. Hallens

dystra kaos räddas av muggen på bordet, den
tillhör världens gåva. Handen placerar
densamma i diskhon och spolar ur resten från
nattens måltid. Kranen får spola en stund extra
och kastrullen på hällen svalnar, ännu behöver
ingen välling värmas. Hallen korsas och vid roten
av trappan till övervåningen söker ögonen ett
fotografi. Familjen är komplett, tre själar som
värnar om varandra på bilden. Ett snett leende
sprider sig innan första foten når trappsteget
gjort av massivt träslag. I trappan ligger leksaker,
en av alla letar sig in under stortån och ansiktet
grinar illa, men tystnad råder. Resten av familjen
sover fortfarande och ska få vila ut. Vid toppen av
trappan är grinden stängd. Inte ens en fånge hade
kunnat rubba den, går tankarna innan den
öppnas med enkelhet.

Inne i sovrummet har det blivit kallt sedan
morgonen började för en av
familjemedlemmarna. Fötterna stelnar nästintill
mot det kala golvet som inte fått en matta ännu.

En åtgärd som inte skett, men tillskillnad från hallens kaos, planerad. Gardinerna hänger tunga framför fönstret och inget ljus hittar in mellan tyget. En leksak i mängden hittar in under foten, men inget ljud har tillåtelse att agera störningsmoment inne i det mörka sovrummet. Ilande smärta från en dinosaurie, men den behärskas. Värre smärta har mött de fötter som nu tar emot ännu ett försök. Trots att hemmet varit just ett hem i enstaka månader, kan benen och höfterna formen och vägen som leder fram till kärlekens sida intill ytterväggen. Två djupa andetag samspelar, ett från mamman, ett från deras gemensamma skatt. Det lilla ljus som söker sig in från övervåningens gemensamma utrymme, gör det möjligt att se konturerna av de två familjemedlemmarna som fortfarande får sova ut. Det var en lång natt av tröst till den lille, och nu har energin tagit ut sin rätt. I mitten av sängen, mellan två kuddar, andas han tungt. En av armarna vilar mot mammans rygg som vakar över honom. Tystnaden i rummet, förutom andetagen, gör stunden speciell. En kyss på pannan på bägge, sedan beger sig fötterna tillbaka längs det kala golvet mot ljuset. En stund till får de vila, en stund till är det lugnt och stilla i det som är deras hem. Dörren stängs tyst och grinden till trappan stängs åter, som om ingenting noterats i det stilla hemmet.

Ursprunget fanns i de små och trygga hemvisterna för bägge parter. Han var från en plats längs den väldiga kusten med sina angränsade orter som utgjorde en helhet. I havet fanns det som önskades och mer utöver. Hon kom från inlandet, där tryggheten bodde i det som alla tog som självklarheter. I den innersta kretsen kunde varken vindbyar, havets argsinta påtryckningar eller storstadens faror komma nära. I den lilla staden kunde hon vara sig själv och fortsätta uttrycka sig inför sina vänner och sin familj. Syskonet gav styrka till de stunder då svagheter visade sig, blev då konkreta förmågor. I hans stad var familjen inte samma kraft, men ändå att räkna med i de värsta av djup. Havets kustlinjer var tröst i de ögonblick som blev för mäktiga, och de vänner som fanns till, fanns verkligen på riktigt. Gemensamt för de båda var tryggheten att gömmas från den stora staden. Huvudstaden för henne, dess storleksmässiga lillebror för honom. I sina mindre städer växte de upp och delade som följd en mentalitet kring det som egentligen betyder någonting. I det gemensamma hemmet kunde det speglas i val av livsmedel eller val av aktiviteter. Havets lugn spred detsamma i honom, inlandets skyddande barriär gav henne ett liknande. Utifrån var det rofyllt och en duo utan bekymmer värda en diskussion. Två individer stabila med ytterligare en byggsten i form av ny familjemedlem. Om stormen kom skulle de inte rubbas. Tillsammans kändes det som om paret var oslagbart och omvärlden var deras att erövra.

Det var en ovanlig kväll med händelser som
inte riktigt bearbetats när två par ögon möttes för
första gången, som om de alltid var ämnade att
hitta varandra. En enkel utekväll med vänner
korsade gator och torg som om ingenting annat
var av betydelse. Livslusten var påtaglig och
bekymren hade tagit semester för en kväll.
Mellan hållplatser planerades nästa eskapad
tillsammans med berusningsgrader som höjdes
för varje stopp. Öden som skulle korsas var inte
aktuella, men skulle komma att bli. En vän som
viskade fina ord i hennes öra, en annan vän som
flera kilometer därifrån viskade samma fina
meningar i hans öron. Vuxenlivet skulle till att
börja i och med denna kväll. Men ansvaren och
kraven från omvärlden väntade, visade sitt fulla
tålamod. Ungdomen var till för att leva ut en sista
gång utan att hållas tillbaka. Och inga bojor fanns
kring ben och handleder när kvällens besök kring
stadens hållplatser fortsatte i all världens fart.
Friheten var följeslagaren som önskades, och

som blev hörd för varje ny dryck som rann ner mot berusningens centra. Ett gemensamt stopp på en oklar höjd ovanför staden blev början på ett äventyr. Ett par ögon fann ett annat, och ett leende som kunde förtrolla även den mäktigaste av sinnen, föll ner i förälskelsens dimma. Hand fann sin plats, ögon mötte sina jämlikar.

Han kom från en familj av karriärmän och karriärkvinnor. Prestation var enbart förnamnet av de krav som ställdes. Pappan var gammal elitspelare för topplag, ett faktum som kvarstod i varenda diskussion kring framtiden. Mamman valde en likadan väg men behöll fötterna på marken, med historier om kamplust och konkurrens. Kärlek gavs, men löften som inte besannades med en utmärkt prestation hamnade i skymundan. Ryggen vändes relativt fort till denna livsfilosofi. Kreativa vågor tog över, resultatet blev en uppväxt utan idrott. Till föräldraparets stora besvikelse. Men de älskade sin son, som föräldrar gör, men förhoppning om en vändning fanns där även när presenter och julklappar blev i form av canvas istället för nya fotbollskor. Hon kom från en familj där kärlek och fri vilja härskade. Utan kompromisser. En kram innan morgonen tog vid, en kram innan middag och en kindpuss innan sömnen blev den närmsta vännen. Konflikter fanns inte, mer än enstaka diskussioner om uppförande. Om viljan fanns att testa någonting nytt, fanns stöd. Om önskan om att se sig om i tillvaron var av värde, uppmuntrades detta utan minsta eftertanke. Föräldrarna till henne gav en uppväxt med stöd. Hans uppväxt krävde medel för framgång. En krock skedde därför ibland mellan de två, när en diskussion flammade upp och ville stanna tillräckligt länge för att skapa oreda i kärleken.

Kastrullen står kvar och puttrar smått när ögonen åter söker plustecknet. Snart är raseriet igång igen och droppar faller runt händer och fötter. Balansen sker när minuset får beröras av pekfingret. Den moderna hällen i det nya köket skapar vanor som är svåra att anamma. Fötterna rör sig över köksgolvet och en majsbåge utan smak sparkas av misstag in under köksbänken. Tillräckligt långt för att hamna mot väggen och inte vara möjlig att nå. En suck över att misslyckas, och stöd mot köksbänk. Kylskåpet brummar dovt när handen söker handtaget och för upp dörren. En glasflaska med apelsinjuice skramlar till mot tacosåsens halvtomma skepnad. Ljuset från lampan i det nya kylskåpet bländar samma ögon som en gång föll för den person som vilar uppe på övervåningen. Den grumliga hinnan av morgonen gör att ljuset inte når in lika lätt, och äggen blir allt annat än svåra att urskilja på den nästöversta hyllan. Vänsterhanden greppar kartongen med sex ägg. I en och samma rörelse stänger han dörren och rör sig i en halvpiruett tillbaka i riktning mot spisen. Äggen är nära att lämna handen då kärleken står i hörnet av köket och stirrar mot honom. Varken glädje eller sömn syns i hennes ögon. Enbart sorg och beslutsamhet bor där. Hon öppnar sin mun och uttalar ord som väntat på att få släppas fria. Och det hon säger får handen att denna gång faktiskt tappa samtliga ägg mot det hårda stengolvet.

Kapitel 2 – Armada av barndom

Barnspring på en gräsmatta ger ifrån skratt och ljud på framsidan av huset som tronar framför en kustlinje. Ett av alla barn ropar någonting som är svårt att tyda, ett annat ramlar omkull och börjar gråta. De andra barnen tittar på och funderar vad som hände i all lek. Ett av barnen tittar extra noggrant mot det barn som nu gråter. Går sakta fram till detsamma och ger barnet en kram fram till att en förälder kommer fram och frågar hur allt står till. När trösten är framme för det ledsna barnet, springer resterande iväg på nytt och har snart glömt att det finns risker med leken. Cyklarna står på uppfarten till det väldiga huset och inget av barnen är sena att hitta till sina respektive cyklar. Armadan rör sig längs den närliggande vägen som tacksamt inte trafikeras mer än av de boende i området. De är vana vid sammankomster av dessa slag.

Lukten av grillat kött ligger som en hinna över gräsmattan och husets fasad när cykelturen är över och barnen återvänder. Cyklarna placeras huller och buller på uppfarten kring de få bilar som parkerats där. De flesta har antingen promenerat eller tagit en taxi för att kunna delta i den traditionella uppstarten av sommaren. Framsidan av huset består av en sluttning med anpassad gräsmatta. I den branta sluttningen halkar fötterna till när barnen springer allt de har med andan i halsen. Föräldrarna ser på med glädje men även med en liten gnutta avsky. De unga personerna som kommer springande är deras skatter, men svetten som bildats på deras kroppar efter all lek gör att middagen riskerar att bli av sämre kvalité. Som tur är har gästgivarna tänkt på denna eventuella situation och förpassat bordet till terrassen. Var och en av föräldrarna lokaliserar sina respektive barn i den större gruppen. Anstormningen lugnas ner och barnen tar plats. All lek har lett till hunger.

Ett av de barn som inte deltog i leken är hans lillasyster. I cykelarmadan sågs inte hon till och hennes vackra hår flög inte i vinden bland alla andras. Hennes skratt ekade inte längs vägen som de andras högljudda tillrop. Istället sitter hon in i det sista i en fåtölj vid ett av vardagsrummens fönster och håller en bok i sina händer. Blicken söker inte sällskapet utanför, boken fångar vartenda intresse även fast husets rum är varma och outhärdliga när solen legat på mot fasaden. Ända sedan de blev medvetna om varandras existens har hon betytt allt för sin storebror, men skillnad i person har återkommande varit en del av oförståelsen till varandra. Blicken söker hennes, men boken är fortsatt mer intressant. Därför kliver han upp ur sin stol och rör sig mot fönstret. Innan handen hinner röra glasskivan, tittar hon upp och ler. Storebror är viktigast i världen, även om olikheterna gör sig påminda. Boken placeras på vardagsrumsbordet, och hon skyndar sig ut för att delta i middagen.

Maten är uppäten och barnen skyndar sig tillbaka nedför sluttningen med nytt gräs. Enstaka föräldrar ropar att de ska ta det försiktigt. Samma barn som tidigare grät, ramlar återigen på ungefär samma plats. Denna gång stannar inget barn för att se till att ingen skada blev skedd. Först till cyklarna är priset och respekten. Han stannar med sin lillasyster vid föräldrarna som nu börjar bli mer och mer högljudda. Den ena anekdoten överröstar den andra. Solen skiner fortsatt stark mot pannan och en svettpärla torkas bort. Samma sak på lillasysters panna. De ler mot varandra. Han nickar i riktning mot husets kortsida. Hon ler som svar. Tillsammans går de till en liten bur som står gentemot husets svala fasad, den som inte utsatts för sommarens sol. I buren springer deras gemensamma kanin runt och stannar till stundtals för att försäkra sig om att inget rovdjur är intill. Med dess ljusbruna fläckar på den annars svarta pälsen, är den något av det vackraste som syskonparet äger och värnar om. De sitter och tittar på kaninen utan att prata. Bara föräldrarnas historier som trumfar varandra äger det som snart blir en sommarkväll.

Pappan kommer runt hörnet och ser sina barn. Han skrattar till och frågar hur allt står till. När ansiktet kommer nära lillasyster och storebror kan de känna en skärpa i andedräkten, men rösten är alltid vänlig. I telefonen pratar pappan alltid med tydliga ord. Han förklarar saker för äldre som barnen inte förstår. När dagarna börjar säger han hej då med kostym och portfölj. När dagarna är slut, oftast sent innan barnen precis ska till att sova, kommer pappan hem med en hängande slips runt nacken. För storebror är det ett typiskt tecken att arbetet är slutfört. Med slipsen vilandes mot sitt eget bröst, liggandes i sängen, får storebror och lillasyster en puss på pannan. En önskan om god natts sömn och sedan försvinner pappan bort mot vardagsrummet där mamma väntar. Enbart helger är deras stunder med en fader som oftast är glad. Mamma leder barnen till skolan och tar farväl med varma kramar. Lyckliga leenden och löften om att ses om några timmar. Fint klädd med blusar från färgernas alla håll och kanter. Hon är upptagen under helger och då är pappa den som leker och tar med barnen på äventyr. Som om att de byts av vid fredagens gryning. Ungefär som när han kommer runt hörnet vid kaninburen och undrar hur allt går för sina gåvor.

Storebror och lillasyster undviker framsidan av huset, där barnen åter har samlats efter ännu en cykelarmada. Pappan har lämnat och anslutit till de äldre. Grilldoften har inte längre samma makt över fasaderna utan tillåter nu gräsets dofter att återfå sitt övertag. På baksidan av huset är studsmattan placerad och som ett mirakel har inget av barnen från de andra familjerna noterat denna. Lillasyster klättrar upp från sidan och börjar hoppa utan minsta tanke på att storebror vill hjälpa henne upp. Han observerar hennes höga hopp och landningar. Själv går han upp på trappan intill och försöker finna balansen på den dynamiska mattan som systerns hoppande skiftar. Inget nät går runt studsmattan, för de har övertygat sina föräldrar att ingen skada kommer att ske om försiktighet tas. Och det gör det. Lugna men intensiva hopp, upp och ner. Skratten studsar mot baksidans stora fönster. Snart hörs flertalet fötter möta gräsmattan som omger hela huset, det är barnen från framsidan som av någon anledning noterat leken på baksidan. Deras ansikten skiner upp som galaxer när studsmattan noteras ner i deras sinnen, och snart står en armada runt mattan och önskar att få studsa in i oändligheten.

Källaren är sval och tillmötesgående. Pojkrummet är placerat längst bort i den smala korridoren som leder förbi sällskapsrum och kontor. Lugnet från festen är påtaglig och syret når in på ett annat vis när hettan från människor och väder avtar. Fötterna utan strumpor möter det svala golvet, blir en sensation som så många gånger förr är ett tecken på att äntligen bli lämnad ifred. Händerna smeker väggarna som är minst lika svala. Ingenting hörs förutom enstaka barnröster som springer förbi de fönster som ligger i marknivå. Ljuset når in till källaren genom desamma. Studsmattan hörs från baksidan när pojkrummets dörr öppnas upp helt och hållet efter att ha stått smått på glänt. Den obäddade sängen ser välkomnande ut, ett tecken på att helgen är här. Annars ska täcke och kuddar vara prydligt tillrättalagda. Luften är ännu svalare i rummet, och när dörren stängs försvinner vartenda ljud. Det blir stilla och lungorna tar in lugnet och friden. Ögonen söker affischen på en artist och den lilla oasen som är rummet präglar kroppen på exakt det vis som önskas.

En meter ifrån sängen som han nu vilar i, står datorn på ett skrivbord. Tangentbordet är täckt av teckningar och godispapper. Pappans äldre dator har placerats där och erbjuder stunder för datorspelande. Innan sällskapen dök upp, spelades favoritspelet och ännu står datorn på stand-by. Kroppen reser sig från sängen och tar plats vid skrivbordet. Datormusen rör sig med hjälp av handen och tre frenetiska klick med pekfingret. Skärmen lyser upp efter några sekunder och på skärmen är pausmenyn igång till det spel som nu är aktuellt. Knappen för att återuppta spelets värld väljs och han slängs tillbaka till precis den stund som pausades innan festen började. Bilen rasar fram i väldig fart på en motorväg. Den är lila med glansig lack. Ur avgasröret ryker svart rök och ena dörren har lossnat. Kofångaren hänger ner till asfalten och skapar gnistor för varje meter som färdas. Ett skott avlossas och träffar vänster sida, lämnar en svart prick på den glansiga lacken. Polissirener ljuder bakom bilen och fortsätter ljuda trots flera kurvor. Fotgängare och andra bilister tar sig ur vägen när den lila sportbilen passerar. Hans leende är stort när tangenter och datormus samspelar. Friheten att rusa från polisen och från omvärlden för en stund är ibland det enda som behövs.

Polisen är borta och bilen orkar knappt rulla framåt. Vid havet står figuren och blickar ut över kaoset som skapats längs motorvägen. Ett leende söker sig igen över hans ansikte och datormusen gör det möjligt att vända figurens blick mot en annan horisont. Båtar och skepp rör sig stilla över havet som svallar mot klippan nedanför bilens parkering. Kvällen har börjat både i spelet och utanför de små fönster som tillåter honom att se ut mot sidan av huset. Den lila bilen sprängs och figuren flyger iväg mot en buske och skärmen blir mörk. Han har helt missat att sportbilen brunnit i motorn och nu exploderat. En ny meny dyker upp över datorskärmen och undrar om spelet ska fortsätta från senaste hållpunkten. Svaret blir ett tydligt ja, men i samma stund som pekfingret för hundrade gången pressar ner datormusens vänstra knapp, ringer det på ytterdörrens

ringklocka. Bara han är i huset och undrar varför
någon ska ringa på när festen pågår precis
utanför. Det ringer igen, och igen. Han suckar
och lämnar datorn. Med nakna fötter på det svala
källargolvet vaknar han till ur fantasin i spelet
och går med tunga steg upp för trappan. Innan
han nått toppen ringer det igen.

Det hinner ringa en sista gång innan armen
rycker upp ytterdörren och med en argsint min
möter ansiktet en glädjestråle. Kvällen har intagit
himlen och lampan intill ytterdörren får den
bäste vännens ansikte att skina än mer. Glädjen
infinner sig i kroppen vid åsynen av den närmsta
vännen i livet. En lång omfamning sker och
vännen undrar varför blicken var argsint.
Axlarna rycker på sig och ursäktar uttrycket. De
skrattar bägge två när bäste vännen tar av sig
skorna, berättar om varför han är sen och sedan
rör sig mot köket. Väl där, letar de båda efter
godisgömman i skåpen högst upp. Att
föräldrarna fortsatt lämnar godsaker på samma

vis är ett mysterium, men gör ingenting.
Antagligen tror de att uppfostran föregår med
gott exempel. Bäste vännen hittar den ultimata
godispåsen, med innehåll för en hel armé. Den
ska förmodligen tas ut till festen senare, men nu
är de två marodörerna först till skatten. Ett
godispapper efter det andra lämnar påsen och
hamnar på golvet. De skrattar med munnarna
fulla. Tystnad skapas när ytterdörren flyger upp
och någon rör sig in mot köket där pojkarna sitter
på köksbänken med benen hängande. De är
beredda på en utskällning och ett illamående för
mängden socker som nu cirkulerar i kropparna.
Men det är lillasystern som kommit in, och hon
ler bredare än vanligt när godispåsen skymtas.

Kapitel 3 – Skyddad verkstad

Tre vänner sitter och tittar ut över en sjö, intill dem vilar deras cyklar mot bänken. Av någon anledning vill ingen använda stöden, och därför är nu två av cyklarna nära att falla till marken. Bänkens rygg skakar till följd av alla skrattattacker som vänskapen skapar. Den ena historien och kommentaren efter den andra får de tre vännerna att nästan tappa andan för det roliga. Den brunhåriga flickan i mitten är navet i gruppen, den som får saker att hända. De andra två är beslutsamma men väljer oftast det som flickan vill. Detta eftersom förslagen är fina och med uttänkta idéer om att inte lämna en av de tre utanför. En vänskap som växt sig stark i den lilla orten intill den stora staden. Vännerna har varandra och banden är vävda av känslor för det samhälle de bor i, av löften att ställa upp för varandra trots den unga åldern. En för alla, alla för en. Sjön är stilla och får skratten att eka över

till andra sidan. Där sitter det häftiga killgänget
som ingen egentligen vågar prata med. Förutom
den brunhåriga flickan, hon kommer från en
familj där allt är möjligt. Hon kommer från en
familj där fri vilja och stolthet aldrig förbises.

Familjen bestod av en lillebror, pappa och
mamma. I radhuset fanns utrymme till att bygga
någonting större och vackert. Oavsett årstid,
humör eller händelser, fanns kärleken
närvarande i vartenda andetag. Sedan de allra
yngsta åren som medvetandet fanns, kunde
minnen av att vara sedd och älskad lyftas till ytan.
Det fanns aldrig tvivel om att föräldrarna skulle
göra allt i sin makt för att få livet att verka bättre.
En kram var ständigt nära, likaså en tydlig men
omtänksam förklaring till ett felaktigt beteende.
Om lillebror var i knipa, eller bad om hjälp kring
skolan, fanns den brunhåriga flickan till. Om
kompetensen hos henne brast trots försök, fanns
föräldrarna till för att berika inte bara flickans
kunskap, utan lillebrors på köpet. Det rådde

stabilitet kring vem och vad en kunde bli. Idéer uppmuntrades. Bus och irriterande moment blev konstruktiva exempel hur ett liv inte ska föras. Drömmar fick leva fria som fåglar i luften och ingen vindby var stark nog att få flickan att tveka kring betydelsen av kärlek och omtanke. Det var en kvartett som tillät sig vara det slott som många andra familjer önskar att vara.

En skyddad verkstad skapades kring matbordet eller i vardagsrummet. Diskussioner var viktiga för familjen. Lillebror nämnde ibland en önskan om att få prova områden som inte föll pappa i smaken. Mamma motsatte sig pappans kritik och bad om en konstruktiv anledning till motsättningen. Flickan, storasystern, lyssnade till diskussionen varför eller varför inte. Lillebror lyfte fler exempel på vad som skulle gynna honom i sitt sökande efter nytt stimuli. Idrotten kunde ge vänner, energi och samhörighet. Pappa lyfte frågor om att skaderisk fanns, att uteslutning kunde finnas inom de täta maskulina väggarna samt att ekonomin inte fanns där för en extra utsvävning. Mamman tog pappans argument med ro, dock fann punkterna rättfärdigade. Flickan höjde rösten, och bad föräldrarna att ha översyn med önskan om att se sig om i världen. Mamman höll med bägge parter, men valde att tillåta lillebror att testa på ishockey, även om det skulle bli en påfrestning kring ekonomin. Det skulle dock ge mer värde till sonens tillvaro, även om den redan nu var vacker. Detta enligt lillebror själv. Pappan såg sig besegrad men samtidigt införstådd med att detta behövde ske, en skyddad verkstad behöver inte alltid innebära att ta till försiktighet kring samtliga områden i familjelivet.

De tre vännerna vandrar längs en skogsstig efter en dag i sin lokala skola. Där fann de varandra och har funnits intill sedan den dagen. Vad det var som slöt dessa tre samman vet de inte, men vänskapen är oavsett stark. Vägen hem leder förbi samtligas hem, men innan det första stoppet nås, passerar de skogen som har blivit till deras egen lekplats under alla år. Träden hälsar flickorna välkomna varje dag som de vandrar genom deras kollektiva gröna smyckning av skogen. En björk gungar svagt i vinden, tallarna står stadiga några meter därifrån. Stigen är lerig efter dagens regn, men samtliga fötter bär stövlar. I småstaden är inga väder en utmaning. Till skillnad från de människor flickorna sett besöka deras stad. Storstadsborna har med sig vanliga träningsskor, och fina kläder, även när regnet faller. Skogsstigen fortsätter och fortsätter, snart öppnar sig himlen och ett nytt regn faller samtidigt som flickorna når deras favoritplats av alla i den utbredda skogens överraskningar. Den övergivna järnvägen rostar och ser allt annat än inbjudande ut. Men för flickorna är detta den längsta och mest pålitliga balansgången som de känner till. Den modigaste av flickorna med sitt ljusbruna hår tar täten. Vinglar till med vänsterarmen men återfår balansen. Den brunhåriga flickan från den kärleksfulla familjen tar följe och balanserar nästan lika självsäkert. Tredje vännen, med sitt röda hår, är försiktig även om balansen finns och denna gång genomförts flera gånger. När flickorna är tillsammans på balansgången rör sig järnvägen lätt. De skrattar som alltid i kör, och regnet slutar sakta att falla.

Den branta uppfarten till det gula radhuset är tom förutom pappans cykel vid en av de avlånga häckarna. Han brukar inte vara hemma lika tidigt som henne, men cykeln står där med sina gröna detaljer och vita ram. Ingen lampa har tänts i hallen som syns genom ytterdörrens lilla fönster. Vilket känns udda. Dock lyser lamporna ut mot radhusets fasad. Lampan som lyser sitter inne i garagets verkstad som står två meter ifrån själva bostaden. Även dörren vid sidan av garaget står på glänt och dov musik hörs ut ju närmare flickan kommer den mörkbruna dörren. Handen öppnar dörren helt och hållet. Musiken hörs nu tydligt och pappan sitter i ljuset. Han gungar med i takt med musiken och tar ingen notis om att dottern har kommit hem. Musiken tilltar och ryggtavlan gungar med än mer till det att ett gitarrsolo påbörjas. Då ser flickan att pappan sitter med ett nytt projekt i sina händer. På väggarna hänger flertalet gitarrer, som nu verkar få sällskap av ett nytt bygge. En passion som han haft så länge hon kan minnas. På väggarna hänger gitarrer av olika stilar. Olika träslag, saker som hon inte egentligen varit intresserad av. Bara lillebror brukar fråga om hur allt går till vid matbordet. Pappan berättar då med fina ord om hur delar formas, förfinas och sedan skapar ett instrument. Flickan och mamman tittar då på varandra och himlar med blickarna. Musiken lugnar ner sig i samband med att pappan vänder sig om med sin nya skapelse. Flickan står kvar och tittar på honom i dörröppningen. Efter ett par sekunder tittar han äntligen upp och skiner som solen bortom regnet när han ser sin dotter.

Hon ler tillbaka och frågar om hon får se på när halsen ska fästas i resten av gitarrens delar.

Lillebrors tunga och kraftiga steg i trappan får radhuset att vibrera. Sen ankomst uppskattas inte av hans tränare och därför flyger den yngre förmågan runt och söker efter sina benskydd. Han skyller på att mamman slarvat bort saker i tvättstugan och att pappan säkert använt sig av väskan för att förvara sina verktyg. Svordomar ur den unga munnen hörs och får samtliga familjemedlemmar att höja på ögonbrynen. Lillebror flyger även förbi i hallen och ut genom ytterdörren för att ta sig till garaget. Pappan tittar mot resten av familjen och ler. Han tar på sig jackan, viftar med bilnycklarna i högerhanden och förtydligar att de är tillbaka om två timmar. Då är träningen med hockeyn över och hälften av familjen tillbaka för att summera varandras dagar vid en nylagad middag. Mamman och flickan ställer sig vid köksfönstret för att ta del av den sista flygturen av lillebror innan bilen åker iväg. Det rufsiga håret står åt alla håll och kanter i garagets öppning när det ser ut som om väskan hittats. Han rycker på axlarna när ögonen hittar in till mamman och storasysterns. De skrattar gott och pappan tutar med bilen. Genom sidofönstren ser de hur han viftar med armen att sonen ska skynda på.

I vardagsrummet sitter mamman och tittar på tv samtidigt som ett pussel ligger utspritt över vardagsrumsbordet. Det föreställer en stor skara människor som samlats för att bevittna en konsert. Bandet som spelar är klädda i stereotypisk rock-stil och sångaren vrålar ut någonting med sin stämma. I ena hörnet står bandet och är även de exalterade över framträdandet. Publiken har alla möjliga figurer i sig men den delen som inte är färdig får fantasin att sprida sig i kroppen. Flickan sätter sig på knä vid bordets långsida och börjar leta febrilt i högen med pusselbitar. Den ena efter den andra biten hittas och gör det möjligt att börja se vad resten av publiken består av för människor. Mamman frågar om hon vill ha någonting att dricka i allt sitt sökande efter nästa pusselbit. Flickan nickar ett ja och mamman reser sig och är snart borta i köket. Publiken börjar ta form, gitarristen simmar i folkhavet, därav resterande del av bandets glada miner. Flickan ger ifrån sig ett skratt när mamman kommer tillbaka med jordgubbssaft. Glaset placeras på den delen av bordet som inte täcks av pusslet. En hand hittar en plats på flickans ena axel och hon tittar fint upp mot sin mamma. Ett snabbt tack och sedan tillbaka till utmaningen att färdigställa bilden av konserten.

Flickrummet är varmt och kvavt när dörren till detsamma öppnas upp. Fönstret står på glänt och gardinen intill vinkar som ett välkomnande när flickan kommer in. På nedervåningen hörs fortsatt tv-apparaten och mammans förvånade skratt ekar upp för trappan där lillebror fått väggarna att skaka tidigare. Dörren stängs och gardinen fladdrar till när korsdraget upphör. På gatan utanför hörs barnskrik och barnskratt. En cykel flyger förbi, och sedan en bil som rullar förbi i lugn takt för att undvika krock. Flickan tittar sig i sin stora spegel som lutar mot väggen. Håret ligger mot axlarna, kinderna har börjat få fräknarna som visar sig när sommaren nalkas. Shortsen har fått spill av saft på sig, men det är inget bekymmer. Hon ler snabbt mot sin spegelbild och granskar sina tänder. De är raka förutom ena framtanden, den är sned. Som per automatik låter hon kroppen falla bakåt och landar mjukt i sängen. I taket sitter en affisch placerad, hennes pappa hjälpte henne med att sätta upp den just där. Favoritartisten pryder taket och är det första som bevittnas av ögonen när dagen slutar, det sista som ses när dagen ska ta slut. På väggen intill hänger en bild på stora staden i drömmarna. Den som ligger på andra sidan Atlanten.

Vännerna och flickan med det bruna håret pratar ofta om den stora staden nära deras egen. Om hur allting sker där, och i staden kan ens drömmar gå i uppfyllelse i nöjesparken, i badhusen och i affärerna. Att lämna den mindre platsen för staden i horisonten är en del av deras unga sinnens största drömmar. När människor från storstaden passerar deras egen stad, noterar de att det finns en världsvana, trots att de är unga och knappt förstår livet. Förutom att klädseln inte passar de förhållanden som råder i deras mindre samhälle, verkar storstadsborna veta saker som är mysterium för de själva. Tankarna om husen, om affärerna och om att kunna gå på teater får magen att pirra till. Flickan väljer att ringa en av de två vännerna som är henne närmast. Tonerna går fram. De ljuder och ljuder. Till sist svarar en äldre kvinna, som är mamman till hennes vän. Flickan ber om att få prata med vännen, och snart hörs den trygga rösten i örat. Utan att ens säga ett hej börjar de prata om staden borta i horisonten.

Om att de vill göra någonting extra kul när nästa lediga dag kommer. Varje dröm trumfar den andra, och till sist börjar de prata om deras gemensamma drömstad. Den bortom Atlanten. Någon dag ska de båda komma dit, tillsammans med deras tredje vän, förtydligar de båda.

Ytterdörren svängs upp i snabb takt och en väska hörs falla mot hallgolvet. Bilen på uppfarten har precis stängts av när pappans röst hörs genom fönstret men samtidigt genom dörröppningen. Hans röst låter sträng, vilket den sällan gör, och ber lillebror att komma tillbaka. Den yngre rösten hörs svara och pappan rör sig in mot huset efter att ha stängt igen bildörren. En uppläxning sker i form av att lillebror behöver visa respekt gentemot sina medmänniskor och att beteendet som uppenbarligen skett inte accepteras. Sedan en längre tystnad. Dörren stängs igen och flickan ligger tyst i sängen och tittar på artisten. Snart hörs samma tunga steg i trappan, som får ljusstaken på byrån att vibrera.

Lillebror suckar högt när dörren passeras och slår igen sin egen dörr hårt. Trappan låter igen, men inte med samma tunga steg. Stegen svävar på bara det viset som mamma kan skapa. Hennes steg hörs lugnt passera dörren och knackningar hörs utanför dörren till lillebroderns rum. Dörren öppnas efter ett par sekunder och ett par snyftningar hörs samt den tröstande rösten av en mamma som bryr sig och förstår. De stannar uppenbarligen i dörröppningen och trösten fortsätter. Ett par minuter till går. Lillebror dörr stängs igen och de lätta stegen stannar vid flickans dörr. Knackning hörs och ett ursäktande men tydligt budskap att det nu är middag når flickans öron.

Kapitel 4 – Växa upp

Cykelhjulets ekrar spelar nästintill melodier med hjälp av vinden när cykeln rusar längs spåren i naturen. Motionsspårens grus är ingen match för däckens grepp, utan den unga kroppens energi får cykeln att flyga fram mot dagens uppgifter. Träden passeras och skapar ett mönster i all fart. Som en rörlig tavla som skapar nya mönster för varje nytt träd. Håret fladdrar ur de öppningar som hjälmen tillåter och byxorna fladdrar vid pedalerna. Guppen som uppstår får hjulen att för stunden tappa marken och flyga ovanför jorden, för att sedan snabbt möta densamma. Skogen tar hastigt slut och fälten med högt gräs tar vid. Även dessa fält passeras kvickt och hinner inte ta del av pojkens hastighet mot skolgården. I ryggsäcken hörs matsäcken skaka tillsammans med termosen med varm choklad. Förhoppningsvis har föräldrarna packat ner en överraskning, men pojken är tacksam för det enkla. Innan han lämnade hemmet och försvann bort illa kvickt, hann handen vinka ett adjö till föräldrarna som själva hade sitt eget ansvar att möta i samband med solens uppgång. De lovade att ses efter dagens utmaningar. Ekrarna spelade fortsatt melodier tillsammans med vinden när skolan till sist skymtades och bromsarna började hjälpa till att sakta ner den kvicka pojken.

Vid cykelstället möter pojken som alltid sin vän, de har lovat varandra att mötas där varje morgon. Om ingen av de behöver vara hemma. Vännen vinkar glatt när cykeln stannar till och söker in framhjulet i ett av många cykelställ. Pojken sitter kvar ett par sekunder och ber om en high five innan han till slut kliver av ramen som balanserar mellan cykelstället. De skrattar till och vännen undrar hur det gick att cykla. Det vanliga svaret blir som alltid att det gick snabbare än blixten. Ur ryggsäcken hämtas låset och metallen slår till termosen i samma väska utan att orsaka någon katastrof. Matsäcken är dock tilltufsad efter guppens många utmaningar på väg till skolan, men verkar i det stora hela vara oskadd. Vid fruktstunden får svaret komma, nu behöver vännerna skynda till skåpen och till lektionen som ska till att börja. De lämnar cyklarna låsta. Cyklarna vilar lätt mot varandra, ungefär som om de också valt att vara vänner. De levande vännerna börjar gå mot den enorma skolbyggnaden som tronar framför dem. Skolgården är stor som ett flygfält och bara vännerna passerar basketkorgarna precis när klockorna ljuder. När dörren till kapprummet greppas ljuder klockorna igen. Det är den sista signalen på att en ny dag gryr, och med den allt som det innebär att vara ung.

I klassrummet pratade läraren om hur de olika perioderna för dinosaurier överlappade varandra och tappade halva klassrummet efter en halvtimme. Suddgummin och lappar gick i omlopp. Vissa sudd träffade sina mål, andra träffade fel. Men det var som om det fanns en

underliggande överenskommelse om att inte
nämna om det blev fel. Ett sudd träffade pojken i
huvudet, ett sudd som uppenbart kom från
klassens clown. Han som alltid kommenterade
lärarens felaktiga uttal eller allt annat som
troddes kunna framkalla ett kollektivt
skrattanfall. Ett till suddgummi träffade pojken,
och nu var det uppenbart att det inte var ett
misstag. Den egna handen greppade det sudd
som kommit tidigare och landat på bänken
framför honom. Tillfället inväntades då läraren
antingen tittade bort eller valde att skriva
någonting på den svarta tavlan. Ännu en period
från dinosaurietiden nämndes och läraren vände
sig om efter att ha granskat det misstänksamma
beteende i klassen. När namnet skrevs upp på
den linjära bilden av årtal, valde pojken att kasta
tillbaka suddet mot clownen. Den bakre delen av
klassrummet reagerade på kastet och täckte för
sina ansikten eller tog skydd bakom sina
upplyftbara bänklock. En fullträff i ansiktet på

honom som tidigare träffat pojken två gånger om. Ett glatt uttryck spred sig över pojkens ansikte och på väg tillbaka med kroppen mot läraren samt tavlan, fångades hans blick upp av den stora kärleken. Hon granskade honom med sina bruna ögon som om han var världens avskum trots deras unga ålder. En känsla spred sig i magtrakten eftersom blicken fick honom att inse sitt misstag att ge igen. Den underliggande överenskommelsen att inte nämna någonting försvann i samma ögonblick som lärarens blick mötte pojkens. En undran vad som pågick, en undran om varför clownen i klassen nu grät floder och pekade mot pojkens ryggtavla.

Pappans blick är besviken när cykeln stannar till utanför hemmet. Han står med korsade armar när pojken kliver av cykeln och fäller ner stödet. Portföljen vilar mot husets fasad och pappan fortsätter granska sin son när stegen tas närmare och närmare. Pojken vet om varför granskningen sker och vad som nått pappan. Ett ursäktande,

som han vet kommer krävas, ges på förhand och
verkar inte nå in till pappan som fortsätter se
besviken ut. De små fötterna stannar vid de större
skorna som tillhör en förebild. Skorna tillhör den
personen, förutom mamman, som får möjligheter
att bli verklighet. Som får potentialen i de sämre
idéerna att bli till konstruktiva planer. Under de
få år som tillbringats på jorden har trots detta
insikten funnits att föräldrarna nått långt och
försöker ge den uppfostran som behövs för att
inte såra andra personer. Besvikelsen i blicken
från den kostymklädde mannen beror på att
beteendet mot clownen i klassen är allt annat än
det som diskuterats vid matbord, eller vid samtal
om hur dagen ska bli innan ett sista "god natt"
sägs till varandra. I portföljen finns grunden för
den framtid som önskas till barnen i familjen.
Lädret steks mot fasaden i värmen och för varje
besviken blick blir innehållet förgäves. Pojken
förklarar och ursäktar fram till att pappan
accepterar det som når honom.

I hallen väntar mamman i familjen. Hon granskar även pojken när han kommer in med sin pappas hand vilandes mot ryggen. Portföljen kommer åt den vänstra armen och känns uppvärmd nog att kunna värma bullarna som får pojken att bli lycklig. De säger någonting som inte hörs till varandra och mamman granskar pojken som på uppfarten. Hon undrar vad som fick pojken att göra det han gjorde, men med en vänlig ton. Hennes armar vilar på varsin axel och blicken går från sträng till en mer förstående. Pappan harklar sig när hennes frågor rör mer hur matsäcken smakade och inte kring det som skett under dagen. Hon ger sin make en blick som kan döda och fortsätter fråga sin son hur den varma chokladen fick dagen att bli bättre. Pojken nickar att dagen blev mycket finare av chokladen och får till sist en kram av sin mammas varma famn. Pappan passerar de båda och går ner till kontoret i källaren. Dörren hörs stängas bakom honom. Under kramen, som får pojken att glömma sin pappas dömande, ser han sin lillasyster stå i sitt rums dörröppning. Hon vinkar mot honom och de ger varandra blickar som bara syskon kan ge varandra. Den villkorslösa kärleken och förståelsen bor i de blickarna.

I trädkojan kan pojken andas ut på riktigt. När dagar av felsteg eller av perfektion skett, svalkas alltid själen av stunden i kojan. Den byggdes av honom och pappan i familjen under en vecka när sommaren var på väg att ta slut och plank fanns kvar efter en renovering i familjestugan. Under veckan fick pojken lära sig om hur en hammare fungerar, hur en skruvdragare hanteras och hur spik kan användas ur olika vinklar för att skapa en stabil grund. Det var ett projekt som sammanförde inte bara pappan och sonen, utan hela familjen. Mamman byggde dörren och lillasystern valde att bygga en stol till de redan tre befintliga som en granne skänkte bort. På lillasysterns stol vilade nu pojkens kropp samtidigt som benen pressades mot en av de fyra väggar som utgjorde en robust koja. Andetagen från bröstet fick stolen att vicka till ibland men hölls ändå stabil med kraften från benen. Ur ett fönster gick det att se ut till gatan nedanför med havet som bakgrund. Den platsen var ett smultronställe som var svårt att mäta med annan ort. Den enda platsen som kunde komma nära oasen i kojan var farfars hem, huset uppe i norr. Men farfadern var sedan länge borta efter en fejd med pojkens pappa. Besökte barnbarnen sällan, då boendes i en övernattningslägenhet som var kal och trist. Farfars frånvaro låg som en tyngd över pojken när minnet gjorde sig påmint i det unga sinnet.

Tankarna var som ogräs i ett huvud som ännu var novis kring att hantera idéer och funderingar om vad som skulle bli av livet. Pojken fick höra av sina släktingar och föräldrar att det fanns massvis av energi som behövde komma ut ur den lilla kroppen att det ibland upplevdes som om han skulle explodera. Fåtal resor runt i världen hade skett tillsammans med far- och morföräldrar samt med familjen. Dessa nya horisonter fick tankarna att sprida sig än mer som ogräs. De växte och fick stunderna innan sömnen att bli till enorma tavlor redo att färgas med dyr akrylfärg. Att livet skulle passera visste han, men hur det skulle bli var det som drev nyfikenheten till nya nivåer. Tillräckligt vissa gånger för att skapa höjdrädsla eller livsfarlig svindel. Mamman och pappan hade lyckats, verkade det som. Och lillasystern var en talang på det mesta som hon tog sig an. Frågan var bara vad som skulle bli hans eget område som skulle få livet att bli fint. Tiden skulle utvisa detta, men tålamodet var inte det bästa. Bästa vännen såg tydligen ambitionerna i pojken visa sig flera gånger om. Men när han själv skulle inse sin storhet var ett pågående mysterium.

Flyttlådorna hopade sig i hallen och i vardagsrummet den kalla vintermorgonen när barndomens första riktiga kris svepte över familjen och fick syskonen att fundera kring hur allting skulle bli i slutändan. Av någon anledning skulle familjen lämna det perfekta huset för att pappans karriär var på väg att utvecklas till, vad föräldrarna menade, nya höjder. Det unga förståndet kunde inte greppa vad som menades med detta, men tillsammans kunde de oavsett sitta och fråga varandra vad den andra tyckte om allting. Lillasystern var klokare än sin bror, enligt honom själv. Hon såg möjligheterna med att flytta till den stora staden. Pojken såg enbart att kärleken i klassen och hans närmsta vän nu försvann bakom honom eftersom hans egen pappa såg bortom behovet hos sina egna. En bitterhet byggdes upp. Med hjälp av sin mamma och syster kunde han dock se enstaka detaljer med mer optimism. Det fanns nya vänner att finna i staden, nya förälskelser att jaga ikapp, kanske kunde till och med en ny trädkoja byggas i den nya villan som tronade uppe på ett mindre berg. Optimismen räckte bara till en viss gräns, bitterheten fanns kvar när sista flyttlådan lyftes in i bakluckan av bilen. Den växte ett tag till, mer bestämt ett par år.

Tiden i den stora staden blev till en början hektisk och obekväm, som om världen ville pojken illa. Ilskan mot pappan och mot att mamman inte stod upp för syskonen kring flytten låg som en vagel i ögat. Den nya villan var allt annat än hemtrevlig och det nya rummet kunde inte ens jämföras med den oas som varit rummet i källaren. Fötterna saknade det kyliga bemötandet som korridoren gav med sitt stengolv. Systern saknade sitt rum på övervåningen där hon och hennes bror kunde prata om det som föräldrarna inte förstod. Det fanns inte plats för en studsmatta i sluttningen som var betydligt brantare jämfört med den sluttning som varit gräsmattan i det forna hemmet. Mest av allt saknade pojken sin trädkoja och sina vänner. I kojan hade de tagit farväl sista gången och sedan dess hade han inte sett dem på över ett år. Kaninen som levde på kortsidan av huset fick pappan åka med till en annan familj som var bättre lämpad. Ett svek som systern inte tog lätt på. Hon bar även hon på en ung bitterhet. Utanför huset fanns ingen kustremsa eller en enda väg där lek var tillåtet. Det nya huset erbjöd utsikt över en nöjespark och några höga skyskrapor som var motsatsen till det genuina havet. Skolan skulle börja dagen efter, det var dags att börja på högstadiet för pojken. Nervositeten var monumental då han förväntade sig samma hårda ton av jämnåriga som stadens hårda yta hade visat honom.

Klassrummet var av annan karaktär än det som pojken var van vid. Han skulle snart bli tonåring och hade hört mycket om förändringar som sker i livet. Men just bytet av klass, skola och stad var inte det som var tanken med dessa större förändringar. Det märktes på klassen att det redan fanns personer som höll sig för sig själva. Att de kom från närliggande skolor som skapat grupper. Kvar blev pojken i mitten av klassrummet, utan någon att prata med så fort lektionerna var över. Dagarna slutade med att cykeln rullade på främmande gator, trots att de skulle föreställa hans nya hem. Dagarna passerade på det sättet att ingenting speciellt hände och ingen speciell dök upp i hans liv. Mamman försökte trösta honom och lillasystern fanns där och höll handen när det blev för mycket att ta in. Pappan reste runt under första tiden i staden och fortsatte vara frånvarande under den tid som följde. Det blev en familj utgjord av tre personer som alla försökte hitta rätt i den stora staden. En vanlig dag i det nya livet började och verkade vara exakt samma karaktär som alla andra dagar. Men under en rast i korridoren, vid pojkens egna skåp, snubblade en ung kille till och ramlade vid hans fötter. Blickarna möttes och det var som om pojken fann någonting i den andra människans ögon som fick livet att redan då ljusna.

Kapitel 5 – Ung vuxen

Pendeltåget rusade fram som om elden var hack i häl och att ingen tid fanns att kasta bort till vargarna. Skogens täta erövring av naturen var en naturlig hinna av att träden ägde området som människorna levde i. Det enda tecknet på civilisation var tågrälsen och enstaka master som försåg de som hittat ut till alla mindre samhällen med någon form av kontakt med den stora staden. Skogen var fortsatt tät kring tåget när flickan, som nu blivit en ung kvinna, pratade om vad de skulle kunna tänkas hitta på i staden som var målet. Det fanns en diffus planerad dag som de tre vännerna enats om, men den gav möjlighet till flera kompromisser. Vännerna kände varandra tillräckligt väl efter alla år tillsammans att om en av de tre vännerna kände för att göra någonting spontant, var de andra två inte långt efter i att följa med. Pendeln rusade vidare, avståndet var inte mer än tio mil mellan deras trygga ort och staden med alla intryck, ändå kändes det som om de passerade en portal till en annan värld när tunneln mellan bergen intogs och ljudet i kupén blev dov, dock med en tryckande sensation kring hörseln. När locket lagt sig i öronen, dök natur upp igen, men levde några sekunder. Sedan tog bebyggelse och höga hus över. Skogen bakom dem hade tappat sin makt. Dagen kunde börja.

En man springer nästan in i kompisarna när centralstationens höga ljudbild slår som en knytnäve i små ortens mentalitet. Hans portfölj slår till armbågen på tonåringen och inte ens en ursäkt ges. Innan deras unga sinnen hanterat stressen kring dem, dyker nästa fara upp i form av städarens motordrivna bil. Den hörs knappt, förutom sina borstar undertill som gör att gruppen kan hoppa undan innan de hamnar under den enorma svabben. En argsint blick med hopplöshet riktas från städaren, och det enda svaret tonåringarna kan komma på i stunden är att ge ett vänligt leende tillbaka. Utgången noteras efter två attacker från staden, och stegen bär dem snabbare än vanligt. Snart kanske faran är över, om bara för en stund. Vinden tar tag i samtligas hår när dörrarna rör sig åt sidan och torget intill tar över efter stationens föråldrade byggnad. Bakom ett par moln tittar solen sporadiskt fram, som hälsning efter hälsning. Innan det breda övergångsstället korsas, står de unga kvinnorna stilla och tar in den hektiska trafiken som passerar deras ansikten. De må ha varit på besök innan, men inte som tonåringar med egna äventyr uttänkta. Nu är staden deras att på riktigt utforska över en helg. Deras sex fötter skapar en synkroniserad rörelse när stegen tas vid grönt ljus. De höga husen gömmer solen när molnen inte längre skymtas.

Ett café som agerat hemvist vid besöken i den stora staden under uppväxten, blir av vanan trogen, det första besöket som sker under dagen. Som om alla vägar leder dit innan någonting annat får till att utforskas. Fasaden med en av de bredaste skyltarna som funnits, dekorerar den vita väggen. Dörrarna till caféet är höga nog att nå upp till hälften av fasaden, vilket i barndomen var som att se väggar röra på sig. Som alltid luktar det ljuvligt i lokalen med sitt höga tak och gamla inredning. I taket hänger ljuskronor som egentligen inte behövs vara tända. Det ljusa taket skapar en illusion av att lokalen redan är mer än ljussatt. En av alla kronor har synligt damm över sina väldiga lampor, men det adderar på något vis karaktär, känner den unga kvinnan när hon väntar på att få beställa i kassan. I kyldisken framför kön som slingrar sig lång, finns bakverk från världens alla hörn. Tårtbitarna har förberetts med äggvita assietter och för att skapa än mer karaktär till ett redan vackert café, står dekorativa koppar utspridda bakom personalen. Beställningen ska vara för hela gruppen, så brickan greppas i början av kassan och förs varsamt fram längs alla frestande skapelser. En efter en samlas godsakerna på en snart tung träbricka med caféets logotyp spridd över ytan. Ögonen söker efter vännerna som tagit plats i en soffgrupp längre bort. De vinkar glatt när de möter varandras blickar. En stolthet att göra saker själva i en stad som alltid varit smått skrämmande, extremt spännande. Uppmärksamheten till vännerna avbryts när en röst frågar vad som önskas att drickas till sötsakerna. Med brett leende säger tonåringen att hon önskar kaffe, tre koppar, med massvis med mjölk.

Under fikan sitter tjejerna och pratar om allting mellan himmel och jord. Den ena frågan efter den andra begär svar, och det är som om de inte setts på flera veckor. På ett vis har de mer och mer skapat sina egna liv när åldern stigit, och därför finns det många tankar att lyfta, frågor att ställa. Besöket i staden är för dem ett fint sätt att prata om förälskelser, de kreativa processerna hos en av vännerna som börjat skriva,

hästtävlingen som är på väg att gå av stapeln i
Tyskland samt den unga tonåringen som
drömmer om den stora staden bortom Atlanten.
Den ena vännen får tala till punkt innan ett annat
ämne inkluderas i fikan. Ett förfarande som alltid
existerat inom deras krets. En respekt mot
varandras likheter och olikheter.

Framgångsrecept som visat sig vara en av
anledningarna till en vänskap som växer, trots att
de snart är tillräckligt gamla att starta sina egna
liv. Mitt i ett samtalsämne ringer telefonen och på
displayen ser hon att mamman i familjen ringer.
Hon ursäktar att hon behöver svara då en av
vännerna just ska till att berätta om en av de
killarna som hon fattat tycke för. En kille som bor
i staden och som gärna vill ses snart. Knappen för
att svara trycks in precis innan det verkar som om
samtalet ska missas. Mamman låter ovanligt glad
och vill bara berätta att hon är på besök i staden
och att hennes dotter glömt sin blus till det som
ska bli middagen senare på kvällen. Mamman

svänger förbi senare och lämnar kläderna,
förklarar hon innan samtalet avslutas. Telefonen
läggs ner och samtalet om killen som visat
intresse återupptas. Det fortsätter till det att det
kartongfärgade kaffet börjat bli kallt.

Butiker och intryck var huvudet än vänder sig.
Det blir till en obegriplig situation om en inte
passar sig. På förhand hade vännerna bestämt sig
för några butiker som ville besökas, men det
visade sig vara lättare sagt än gjort. Friheten utan
föräldrar skapar oskyldig obalans. Spontana
besök i flertalet olika butiker, fler stopp på caféer
och en lunch som drog ut på tiden. Hela dagen
var inte tänkt att spenderas på gågatorna fulla av
folk, men när klockan börjar närma sig 18 är de
fortfarande exalterade nog att besöka en butik
som säljer hobbyprodukter. Inne i butiken seglar
den konstintresserade vännen runt bland
hyllorna som om det inte fanns en morgondag.
De andra gör sitt bästa för att också de hitta
någonting som kan ge värde till stunder som är

lugnare än andra. En skissbok hanteras i handen och vilar där innan den unga kvinnan väljer att faktiskt köpa den. Konstnären i gruppen nöjer sig med två fjäderpenslar och ler mot de andra två vännerna när hon kommer gåendes, stoltserandes med desamma. Vännen med den intresserade killen skiner upp som solen som gömmer sig bakom molnen utanför. Hon nästan ropar ut i butiken på grund av sin exalterade röst. Tydligen vill han ses redan ikväll. De andra två vännerna tittar tveksamt mot varandra, de vet att de inte borde. Men av någon anledning märker vännerna, som inte tar del av mobilens meddelande, hur de nickar ett ja.

Vännerna har följt killens hänvisningar till punkt och pricka. Den långa gatan mitt i centrum är ovanligt lugn. Bara några hundra meter därifrån ligger avenyn som aldrig sover. Ändå verkar samtliga boende ha tagit en kollektiv tupplur och turisterna valt att gena på andra håll när vännerna stannar till vid porten. Nummer 17 är placerat ovanför porten på en utskjutande del av fasaden. Tegelstenarna som skapar väggen ut mot gatan är fria från utmärkande skevheter, förutom en precis vid dörrens gavel. Där har dörren uppenbart slitit ut tegelstenen under alla dess år som den agerat sista hållplats gentemot dörröppningen. Namnet som killen skrivit till tjejerna står skrivet med enbart efternamn vid porttelefonen. Koden till dörrlåset har de fått, men varje gång som de nervösa fingrarna som tillhör den av de som ska träffa killen, möter siffrorna ekar ett nekande ljud ut på gatan. Namnets egen knapp trycks in då tålamodet att slå rätt kod brustit. Ändå ger vännerna ifrån sig ett skratt som även det ekar ut mot gatan. I skrattet hörs en ung manlig stämma som frågar vem som ringt på. Med nervösa ord möter vännen killens röst. Dörrens accepterande ljud möter skratten som dött ut på gatan. Tegelstenen får möta dörren igen för kanske hundrade

gången bara för dagen, och tjejerna passerar
under nummer 17.

Solen är på väg att gå ner helt och hållet när
den unga kvinnan går ut på balkongen som går ut
mot innergården. Den friska luften möter hennes
lungor som den befrielsen som hon hade hoppats
på. Innergården är som gatan på andra sidan
huset, lugn och stilla. Det som hörs ut är musiken
från takvåningen som är överfylld av unga själar.
En ung mans osmidiga försök att anordna en fest
i sin rike pappas hem. Vagnen med alkohol, som
står placerad i mitten av vardagsrummet, var tom
redan när tjejerna kom in genom dörren till
lägenheten. I soffan satt ett par berusade unga
män och försökte bete sig nyktert gentemot de
nya gästerna. Tjejerna som redan var där,
sneglade med dömande blickar. I köksön stod de
och diskuterade högljutt kring saker som knappt
gick att urskilja. En timme hade passerat av att
försöka njuta av den annalkande kvällen i
takvåningen, men av någon anledning kändes

någonting inte helt rätt. En öl hade erbjudits och druckits. Den ovana alkoholen fick kroppen att tycka att stunden var kul trots allt. En till öl gavs till handen, utan att se från vem. Vännerna pratade med varsin kille. Den som bjudit in dem stod väldigt nära hennes egen vän, men såg ut att trivas. Balkongen blev tillflyktsorten när musiken blev för hög och ölet tog ut sin rätt. Hon skulle till att gå in igen när blicken vände sig tillbaka mot balkongdörren och hennes egen förälskelse vilade i soffgruppen på balkongen. I sin hand vilade en cigarett och hon tyckte att han aldrig varit så häftig som just då. Deras blickar möttes och i den stunden var hon förlorad. De pratade om hur dagen varit och att det var otroligt att de båda mötts. Detta eftersom hon bodde i den lilla staden och att de enda samtalen som skett var då och då i chattar. Cigaretten vilade fortsatt i handen när han lutade sig fram och gav henne en kyss. Hon kände hur alkoholen tillät nervositeten att ge vika, och mötte hans läppar med sina. Den ena aktionen ledde till en annan. Snart var de båda på väg in i lägenheten, hon med sin hand i hans.

Den unge mannens hand sökte sig längs hennes överkropp. Med alkoholen fortsatt i kroppen var det som om viljan tillät mer än vad som annars var accepterat. När handen rörde sig farligt nära delar av kroppen som var allt än hans att beröra, togs ett djupt andetag och bad den unge mannen att sluta. Hans andedräkt, som luktade av öl och cigaretter, lade sig som ett skynke över hennes ansikte när han frågar varför hon var tråkig. Paniken börjar sprida sig när hans händer rör sig mer fritt över henne och hon känner hur rösten spricker när hon ber honom sluta. När händerna ska till att röra sig ovanför hennes mage, skriker hon med all kraft som i stunden kan hämtas från magen. Ingenting händer och den unge mannens händer fortsätter söka sig över hennes kropp. Det eskalerar för varje skrik som inte verkar ta sig igenom musiken utanför sovrummet. Av någon anledning verkar musiken utanför bli högre och högre. Hon skriker högt igen och försöker samtidigt göra sig fri från tyngden som killens kropp skapar mot hennes egen. Men det är omöjligt att rubba, och cigarettlukten är nu framträdande. Den får henne att nästan kräkas. Skriket ljuder en gång till, denna gång utan hopp. Musiken blir betydligt högre och ljus når in till rummet. Den unge mannens kropp flyger av hennes nu chockade kropp. En annan kille, med ljusa jeans och en löst sittande tröja, drar bort balkongens förre trotjänare. Smällar ges från bägge håll fram till att den som slitit bort tyngden från kroppen, slänger bort trotjänaren och pekar med hela armen vartåt densamme ska bege sig, ut från lägenheten.

Avenyn som aldrig sover, lever upp ännu mer när kvällen nått dess breda övertag över staden. Asfalten sträcker sig från höjden till ån när stegen bär räddaren i nöden längre och längre ifrån takvåningen. Bredvid går den unga kvinnan, fortsatt i chock men än kapabel att inse att det enda rätta beslutet var att lämna festen. Hennes fötter skrapar till asfalten när ett övergångsställe kommer hastigt och cyklister passerar kvickt utan att förvarna. Räddaren utan namn håller henne lätt i armen och intalar henne att allting kommer bli okej. Alkoholen i tonåringen är kvar, men tappar mer och mer sin kraftiga makt. Ögonen ser tillräckligt klart för att veta att just denna person vid sin sida, kommer inte skapa mer skada än vad kvällen redan gjort. Killen frågar lugnt och sansat vem hon är och om hon har några speciella intressen, uppenbart för att dämpa det som skedde på festen en halvtimme tidigare. Innan hon hinner svara ringer telefonen i hennes handväska. På displayen läser hon en av vännernas namn, den som inte heller var helt övertygad om att gå till takvåningen. Ilskan mot den tredje parten av vännerna har byggts upp under promenaden längre och längre ifrån just henne. Räddaren får dock den att avta för varje ny fråga som ställs. Välviljan och nyfikenheten verkar vara obegränsad och hon börjar sakta dela den gentemot honom. Även om det inte visas i stunden längs avenyn som snart tagit slut. Ilande känslor dyker upp i och med tankarna om sovrummets fasa. Räddarens stämma dämpar känslorna mer och mer. Snart är centralstationen i sikte och han frågar om hon mår bättre. Lite grann menar hon och ler tacksamt mot honom. I ögonen hos den unge tonåringen ser hon trygghet, även om de precis träffats.

Vid pendelns station, alldeles intill taxibilarna som nu var få till antalet, satte sig den nyfunna kombon intill varandra och fortsatte prata. Det visade sig att han själv var ganska ny i staden. Att han var på festen var en slump, då en vän kände resten av de som anordnade takvåningens misslyckade försök till nobelmiddag. Dialekten talade för att killen kom från en annan del av landet, den var tydlig och konkret, men samtidigt smått mystisk. Hon fann sig själv småskratta till vissa ordval, för att i nästa stund titta på honom med största allvar. Det var någonting speciellt med honom och hon kunde inte sätta fingret på vad det rörde sig om. Självsäkerheten i den lika unga kroppen fick hennes osäkerheter kring sin person att blåsa bort i samma stund som vinden fördes förbi dem med hjälp av pendeltågets framfart. Hennes vänner syntes inte till när han reste sig upp och förde fram sin hand och hälsade för första gången på riktigt. Hans namn låg fint på sin egen tunga. Istället för att räcka fram handen, ställde hon sig upp och gav honom en kram. Tackade från botten av hennes hjärta för att han blev till räddaren i nöden. Killen log vid hennes benämning av honom och gav sig av, innan han försvann bakom taxikön ropade han någonting om att ses igen. Den unga kvinnan vinkade ett accepterande svar, samtidigt vibrerade mobilen i handväskan ännu en gång.

Kapitel 6 – Att träffa en framtid

Skilsmässan i familjen blev ett avstamp i en ny form av besvikelse för den unge tonåringen som redan vid flytten flera år tidigare känt sig förbisedd av pappan som valt karriären framför barnens framtid. Balansgången i beslutet ledde till en spiral som aldrig tog slut med ständig frånvaro från familjens middagar, missade händelser för barnen i den nya staden, bra som dåliga. De gånger pappan fanns på plats var han oftast alldeles för trött för att kunna ta del av alla anekdoter som barnen ville delge honom. Mamman fick agera föräldrar och glömde också hon bort sig själv i samma process. Med sin egen karriär lidandes på grund av makens beslut om flytt, fanns inte den kompromiss som utlovades. I bristen på närhet och avlastningen med deras gemensamma barn, hittades en annan part som gav mamman det som ibland är det enda viktiga, att bli sedd. Mannen arbetade på samma arbetsplats och var hemma hos familjen och hjälpte till med barnen mer och mer. Åren gick och den nu unge mannen i familjen som varit bitter kring sin pappas frånvaro, kände någonstans att livet blev enklare med närvaron av mannen från mammans arbetsplats. Hon skrattade igen och verkade vara lycklig. Därför var skilsmässan ingen stor överraskning. Dock blev systerns reaktion monumental. Även att finnas till då, var för pappan en svårighet. Den unge mannen i familjen fick därför agera samtliga roller i form av stöd. En uppgift han växte med, kanske lite för snabbt.

Pappans saker flyttades ur huset som om de aldrig packats upp. Under en affärsresa hördes det forna äkta paret argumentera i köket via telefon. Mamman skrek och bad hennes gamle man att för en gångs skull ta del av deras liv. Att finnas till för deras barn i ett skeende som för många är en känslomässig berg- och dalbana. En dov stämma hördes i andra änden när tonåringen lyssnade i trappan som ledde upp till köket. Den fortsatte höras från orten där pappan befann sig. När den till sist tystnade för en stund, hördes en tung suck från kökets skinande vita yta. Mammans utandning som gav upp hoppet om sin forna kärlek, gick att ta på. Pappan frågade, som så många gånger förr, vad hon ville att han skulle göra. Mamman mötte frågan med att förklara att han borde ha vetat det för länge sen, att hon inte satt på alla svar. Sedan lades samtalet på och den unge mannen i familjen smög tillbaka till sitt rum på nedervåningen. Han passerade sin systers rum där hon sov fridfullt. Ovanligt lugnt då skilsmässans senaste månad tagit ut sin rätt på hennes känslospel. Vid de vakna stunderna var den enda trösten att hon hade sin storebror närvarande. Det var även en tröst för honom själv, att kunna finnas till i havet av nya ansikten. En ny partner till mamman och dennes egna barn som kom på krystade middagar. Advokater som gjorde spontana besök mitt i veckorna och bad familjen samla sig för att diskutera vem som skulle bo var, vilka saker som tillhörde vem. Det var en påfrestning och bitterheten mot pappan växte inte, men den kvarstod i den mån som den gjort i ett par år.

Sorgen kring familjens uppbrott fanns med den unge mannen i allt som skedde under de kommande månaderna. Livet gick som på räls och han var tvungen, vare sig han ville eller inte, bli vuxen på kort tid. Mamman blev alltmer upptagen med sin nye partner, vilket lämnade uppgifter till honom. Ibland kunde han komma hem efter dagar i skolan och från sitt extrajobb, för att hitta sin lillasyster ensam i huset som ekade tomt på platser där pappans saker funnits. I hennes ögon såg brodern hur förvirringen var stor, tillika sorgen över föräldrarnas uppbrott. Hon frågade honom då och då om hur människor som älskar går ifrån varandra. Svaret på de frågorna fick han ge sina poetiska tankar kring, då han inte kunde ge exempel eftersom det egna livet fortfarande inte hade gett honom möjligheten att helt hänge sig till någon. Lillasystern såg dock på honom med stora ögon när han gjorde sitt bästa med att ge henne tröst kring sorgen och förvirringen. Det gick att se hur en lättnad nådde in till sinnet, även om den var kortvarig och levde till nästa dag. Men känslan av att finnas till växte sig stark. Ansvaret kring att behöva växa upp utan att veta hur, blev en utmaning som han tog till sig. Om föräldrarna inte visste hur de skulle bete sig, var det nu dags att ta på sig manteln och bli den superhjälte som syskonparet behövde, kanske till och med krävde.

En nyhet nådde familjen efter ett halvår. Det var information som för den unge mannen fick tillvaron att vändas till någonting fint igen. Den bäste vännen skulle flytta till storstaden som fortfarande fattades en nära vän. Den unge mannen hade skaffat sig ett par vänner under de år som passerat, men att nu veta att den vän som stod honom närmast skulle permanent bo i staden, var en känsla av frihet. Äntligen skulle tillvaron kunna avlastas med de enkla stunderna som fattats och bara upplevts när besök skett till den gamla staden vid havet. Vännen var mer som ett syskon, en gåva från bekanta familjen som varit följeslagare till den forna kompletta som unge mannen varit en del av. Leendet hade inga gränser de dagar som följde efter beskedet. Samtalen gick som ur en kommandocentral till vännen, de planerade hur deras nu gemensamma stad skulle få deras dagar att fyllas med mer innehåll än tidigare. Redan innan vännen till sist flyttade, hade de planerat flera saker som bara var tvungna att genomföras. Saken med vännen var att han inte var rädd för nya intryck, och troligtvis därför sökte han sig nu till en skola som fyllde hans intressen samt att de bästa vännerna äntligen skulle ses mer frekvent. Flytten skedde en tidig vårdag, och självklart fanns bäste vännen där för att hjälpa till. Även hans mamma och lillasyster hjälpte till. För dem betydde det mer

än allt att storebror vann tillbaka sin närmsta
vän.

Två månader passerade som vinden gör över
slätter, tiden hördes knappt men ändå gav den
intryck nog för att bära vännerna framåt i staden
som nu var deras gemensamma. Upptåg efter
upptåg genomlevdes och med dessa skapades
minnen för ett liv. Innehållet i vardagar och
helger blev till det som barndomen kunde
erbjuda, men till en ny nivå. Att ha sin bästa vän
nära var den medicinen som väntade på att fylla
kroppen, och av någon anledning försvann
bitterheten till pappan. År av att känna sig
neddragen av andras beslut kring det egna livet,
försvann för varje nytt försök att söka stadens
frukter och sensationer. Den bästa vännens
kreativa förmåga att söka upp platser där deras
tonårsdrömmar fick utlopp var från en annan
planet. Den första berusningen skedde i en av
stadens många parker, de stal uteserveringars
dekoration och sprang med dessa kring stadens å.

Slingrade sig med dess former och fann nästa plats att dricka berusningen. Stadens möjligheter blev deras lekplats, deras unga ålder nära den myndiga blev deras tillstånd att vara kaos när det var lämpligt. Vara konsekvens och kärlek när den vill få vara en fri fågel i himlen som tillät det mesta av allting. Tillsammans flög deras själar över åns former, över parkeringar och parker, ner till stadens aveny och tillbaka upp i luften, ut i rymden.

Lördagen började som en vanlig helgdag med vännen i staden. Rummet som vännen bodde i tillhörde skolan som var anledningen till flytten. Det var större än den unge mannens eget rum och hade tillhörande kokvrå samt badrum. På väggarna hängde hans egenmålade tavlor och enstaka affischer med musiker som de båda avgudade. Redan innan den unge mannen vaknade på madrassen på vännens golv, ljöd musik genom högtalarsystemet. Rösten var en av deras absoluta favoriter. Utan att säga ett ord till varandra, såg de in i varandras ögon och log. De lät musiken tala som så många gånger förr. Utanför fönstret hade regnet valt att tillåta himlen agera från sin vackra sida. Solen sken med låg värme, men den visade sig. Det fick musikens sista toner att nå in längre än vanligt. I rummet tillbringade de flera timmar under den lördagen, lagade enkla måltider och njöt av varandras närvaro, att känna sig vuxna för en stund. Vännen hämtade någonting ur kylen som visade sig vara öl åt bägge två. Den unge mannen förstod aldrig hur det kunde vara enkelt för sin bäste vän att fixa saker. Men av någon anledning hade det alltid varit på det viset. De skålade och log åter mot varandra. Solen värmde mer och musiken fick eftermiddagen som snart blev till kväll att kännas som livets möjlighet till stordåd.

Innan dagen gick över till kväll, hade vännerna hunnit ut till en av de parker som uppenbarligen utvecklat sig till deras gemensamma favoritplats i staden. Tvärgatorna passerades utan att de

noterade att avenyn var fylld av människor redo
för en kväll som lovade dem allt. Den mindre
berusningen i kropparna fick dem att i vanlig
ordning ställa till med trubbel. En av vännerna
välte en cykel som i sin tur välte tre till. De
kastade ölburkar mot papperskorgar som om det
var basket som spelades. Ölet som låg kvar i
burkarna flög ibland ur i luften och var nära att
träffa förbipasserande individer. En risk som de
tydligen inte såg, eller kanske brydde sig om. I
mitten av stadens centrum frågade den bäste
vännen om hur den unge mannen kände kring
att inte ha träffat sin pappa på ett långt tag.
Frågan tog rakt in i hjärtat då den kom från just
den närmsta vännen. Svaret blev en lögn blandad
med sanning. Orden förklarade att det inte var
någon fara, men att det var underligt att inte
träffa någon som betytt världen en gång i tiden.
Kanske skulle det förändras när det nu var klart
att pappan skulle börja arbeta i samma stad, på
heltid. Någonting i den unge mannen kände

glädje kring detta faktum, en annan del kände att bitterheten som var bortsprungen började hitta tillbaka. Den närmsta vännen noterade humörsvängningen som hans fråga gav upphov till, och berättade ett skämt istället. De båda skrattade och den unge mannen träffade en soptunna mitt i prick. Den tomma burken skapade inget ljud när den försvann ner i hålet.

En lugn gata blev destinationen efter resan från vännens rum via stadens gator. Det var som om hela gatans boende hade tagit semester och lämnat landet. Bortom tvärgatorna hördes ljudet från avenyn som på riktigt börjat leva upp till en av landets största festplatser. Solen värmde inte som den borde men höll ändå sig kvar när kvällens makter var på allvar framme vid frontlinjen. Den bäste vännen visade med handen vartåt det bar samtidigt som en klunk togs från en burk som vilade lätt i hans högra hand. Den unge mannen följde med, han blev mindre initiativtagande med sin vän. Kanske var det anledningen till deras starka band. Att med honom kunde ansvaret som togs hemmavid vila. Det behövdes bara levas i stunden. Inga måsten. Bara vänskap. Vid en port stannade de till sist till. Gatan var fortsatt lika spöklik. Tystnaden tillät tegelväggen som omgav porten att vila från det sedvanliga bullret från invånarna. Ovanför porten var siffran 17 utsatt på en del av väggen som löpte ut ovanför de berusade unga männens huvuden. Portkoden slog den bäste vännen in som om det satt i ryggmärgen. Hur han kunde den visste den unga mannen inte, men det var inte heller något mysterium som var värt att undersöka närmare. I hissen upp mot det som, enligt vännen, var en takvåning, skrattade de åt varandra i spegeln som hängde längs med hela långsidan, intill våningsplanens knappar. Grimas efter grimas överträffade varandras. En stund av barndom i en annars framåtrusande uppväxt.

Inne i takvåningens kaos fanns alkohol i alldeles för stor mängd sett till att alla som deltog var under den myndiga åldern. Väggarna var fyllda av konst värd en förmögenhet, i alla fall om den bäste vännen talade sanning. Den ena efter den andre hälsade på de två nytillkomna gästerna. Vissa visade att de inte önskade mer folk på festen genom att titta snett. Ingenting som påverkade de båda särskilt. Andra var lika glada som de var, och frågade om de önskade någonting att dricka. Huvuden nickade ja, och fick därför en varsin ny dryck i sina händer. Musiken gick upp och ner i volym då någon styrde den via en mobiltelefon som uppenbarligen blev beskjuten med notiser från alla håll och kanter. Låtarna, som på grund av notiserna avbröts titt som tätt, tilltalade inte den unge mannen speciellt. Det gick till den grad att han var tvungen att gå ut på balkongen som gick ut mot innergården för att hämta andan mentalt och fysiskt. När balkongdörren stängdes blev det nästan lika tyst som på gatan utanför porten. Någon passerade innergårdens stenlagda yta, stegen ekade med bättre takt än den elektroniska musiken som bedövat öronen några sekunder innan. Balkongen var tom och stilla. En cigarett på bordet var fortfarande tänd och vilade i askkoppen. Den unge mannen satte sig i soffgruppen och lyfte upp cigaretten. Ett av väldigt få bloss som hunnits med i livet drogs in i munnen. Halsen brände och fick kroppen att hosta högt. Ett till bloss sökte sig in i halsen och brände än mer. I efterföljande hostattack noterades balkongdörren som anslöt till en annan del av takvåningen. Den unge mannen ställde sig upp för att utforska mer vart den ledde. Vad han fann där inne i sovrummet fick honom att reagera snabbt och beslutsamt. Kaoset som uppstod spred sig ut till resten av takvåningens ytor även om musiken tystade de skrik som han själv hörde vid öppnandet av balkongdörren.

Samtalet lades på och den unge mannen satt stilla utanför sin splittrade familjs hus. Gatan intill var tyst och inte ens hans egen andning

fanns att studsa mot fasaderna. Natten ägde
himlen med sin svarta nyans och det var
tillräckligt svalt för andedräkten att synas framför
ansiktet i gatlampans ljus. Jeansen och tröjan
hade fått mindre blodstänk efter kaoset som
uppstod i takvåningen. Händerna smärtade i
knogarna på högerhanden, men inte värre än att
berusningen fortfarande tog över. Asfalten tillät
fötterna att vila efter en lång promenad från
takvåningen, till centralstationen och sedan hem
uppför det mindre berget där huset ligger.
Utsikten från platsen var alltid vacker, oavsett
årstid. Oavsett humör. Det var kanske det som
alltid varit bra med flytten till den stora staden.
Pappan hade ändå fått till valet av hem, även om
det gamla huset för alltid skulle vara hemma.
Käken ilade till mitt i tankebanorna och fick
ansiktet att grina illa. Men sedan dök tankarna
om den jämnåriga tjejen från takvåningen. Den
som han, enligt henne, varit räddaren i nöden för.
Han tyckte bara tanken kring att vara en räddare

var pinsam, vilket fick honom att grimasera. Någonting kring henne fick honom dock att undra om allt gick bra efter att ha lämnat henne vid sin pendelstation. Numret fanns i hans telefon. Det hade hon skickat till honom innan de sagt hej då och hon lovat att hennes vänner var på väg. Fingrarna började författa ett kort meddelande på skärmen, men raderade raden snabbt. Kanske skulle han vänta någon dag innan det skrevs någonting. Hon hade haft en hemsk kväll med den andra killens beteende. Meddelandet fick vänta. När telefonen placerades i vänster byxficka, kom den bäste vännen springandes trots att den unge mannen sagt klart och tydligt att han skulle invänta vännen. De log mot varandra som alltid, och käken ilade till ännu en gång. Sedan gick de in genom ytterdörrens öppning till den splittrade familjens hus.

Kapitel 7 – Mer än livet

De följande åren gick snabbare än vad
medvetandet hann med. Efter att ha äntligen
funnit modet att skriva, blev den unge mannen
och den unga kvinnan förälskade utan minsta
eftertanke. Det var som om de alltid hade väntat
på varandra utan att veta om det. Deras liv
tillsammans hade pågått i ett par år. De var inte
längre tonåringar, utan hade hunnit bli
tillräckligt gamla för att båda lämna sina
föräldrars hem och flytta in i en gemensam
lägenhet. Om det var hastigt eller inte, kunde de
inte bry sig mindre om. Kärleken talade för paret,
och av någon anledning nådde den externa
kritiken inte in hos någon utav dem. Tillsammans
kunde de övervinna allting som kom emot dem,
om det så var föräldrars misstycke eller vänners
funderingar varför de plötsligt försvann från
umgängen. Som par fann de en högre frihet,
händer som höll de båda samman även när det

nya vuxenlivet påbörjades med alla fasor och
möjligheter som föds i samma stund. Deras
gemensamma hem kändes för bägge två som den
oas de länge väntat på. En blandning av henne
och honom. En känsla av friktion fick inte plats
mellan väggarna, det var kärlek som vann och
den förlorade nästan aldrig. Det fanns tid till
resten av världen, men inom deras egen värld var
allting otroligt. Blinda för omvärldens faror levde
de vidare utan att tänka för ofta, för mycket.
Godnattkyssarna var ett bevis på att de hittat rätt.
Deras löften till varandra om att finnas till, var
ord som hon väntat på, som han drömt om.

Friktionen i kärleken hade betalat för en
enkeltur ut i glömskan och hade ingen rätt att
komma tillbaka till det som blivit en kärlek
kraftigare än världens hav. Deras drömmar
tillsammans sträckte sig till rymden och fortsatte
in i det okända. Även om första mötet hade
präglats av en situation som kvinnan i relationen
behövt professionell hjälp kring, var det inte

mötet som fick de båda att falla för varandra.
Inom de båda hade paret hittat hem på en nivå
som de inte ens kunde ha drömt om. I varandras
leenden kunde de gömma sina rädslor och i
varandras armar fanns bara två hjärtan som slog
för varandra. Paret kunde känna efter år
tillsammans att någon gång skulle det brutala
grälet komma med posten, men av någon
anledning var det inga frågor eller bekymmer
som inte kunde diskuteras. Tillsammans hade de
påbörjat vuxenlivet. Tillsammans ville de
upptäcka motgångar och medgångar, hand i
hand. Runt om dem föll relationer isär, både
vänskapliga och kärleksfyllda. Relationer som
troddes vara skrivna i sten och oförstörbara.
Deras eget äventyr var resan som inte hotades av
svartsjuka, misstankar eller svek. De hittade hem
varje gång det fanns grund att starta en negativ
spiral, i varandras famnar föll de djupt varje
gång. Igen och igen.

Vänskapen till den bäste vännen hade nått botten i och med mötet med kärleken. Redan efter kvällen i takvåningen var det som om en knuta bildades i nacken. En knuta som växte sig tydligare och tydligare för varje år. De umgicks under de år som passerade när vännen fortsatte sin utbildning i deras gemensamma stad. Men kärleken fick mer plats än vad vänskapen fick, vilket gjorde att en bitterhet skapades mellan flickvän och vän. Mellan dessa två parter hamnade den nu vuxna mannen och försökte medla fred. Att se hur två människor som han höll kära, inte kunde umgås på ett plan som var värdigt bägge relationer, skapade ännu tydligare känslor av hopplöshet. I sina försök att skapa en hållbar situation, blev besvikelsen att inte räcka till stark nog att beslutet togs att inte umgås alla tre. Resultatet blev att vännen flöt iväg mer och mer åt sitt håll på den ö av is som han delvis själv varit med och skapat. Flickvännen tyckte att livet blev enklare utan vännen som funnits med mannen under hela uppväxten. På ett sätt kunde han hålla med, på andra sätt var det en del av honom som han hade hoppats skulle finnas med resten av livet. Bandet till vännen troddes vara helt förlorat när bäste vännen försvann från staden i och med sin examen. Efter avskedet kändes det som om en del dog i mannen. Efter avskedet hade de inte talats vid något mer.

Nästa steg i relationen var för henne en nervös plan som hennes kärlek hade önskat i över ett år. Besöken till hennes egen hemstad, den lilla byn utanför den stora staden, hade skett om och om igen utan att pojkvännen nämnt någon form av frustration att delge sin lediga tid till hennes familj. Det var snarare så att han verkade njuta till fullo av familjens närvaro. Trots detta kände hon en frustration kring att behöva besöka hans släkt och gamla vänner. Kanske var det att ta del av en värld hon inte ville veta av, en värld som präglat pojkvännen. Rädslan att upptäcka delar av honom som inte stämde överens med den medgörlige och sprallige mannen hon kommit att bli hopplöst kär i. Vännerna till honom och hans släkt hotade den bilden. För henne var farhågorna berättigade och hon skämdes inte för att känna på sitt vis. Den egna familjen hade byggt upp henne till en hjälte och ingenting var varken för stort eller för litet att känna. I bilen på väg mot staden ville hon fråga honom om allt möjligt. För att undvika oväntade upptäckter. Med sitt charmiga leende som fick hennes hjärta att smälta, svarade han att det inte gick att beskriva hemtrakten. Den var till att upplevas, och han skulle med glädje visa upp den för henne. Känslorna kring besöket blev inte lugnare, de växte snarare upp i halsgropen.

När bilen rullade in i hemstaden kände mannen hur magen blev lätt av energin som de bekanta husen och vägarna skänkte hans själ. Längs med vägarna passerade bilen flera delar av staden som fick minnen att väckas till liv i form av ren nostalgi och glädje. En lekpark, en fotbollsplan eller en matbutik. Ingenting fick honom att känna att besöket var förgäves. Efter föräldrarnas skilsmässa hade besöken mattats av och blivit få till antalen. Mamman tog ofta tåget och hälsade på sin egen mamma. Lillasystern följde gärna med trots att livet för henne också gick fort med sina kreativa tankar. Av någon anledning blev mannen kvar i storstaden och valde att förpassa sin tid till att fokusera på livet där. Enstaka besök blev det med pappan i den splittrade familjen i samband med att pappans semester kombinerades med sonens. Oftast skedde dessa besök under sommaren eftersom pappan fortfarande var en karriärmänniska av rang. De besökte pappans föräldrar i hemstaden, tillika farföräldrarna till mannen, och varje gång kändes det som sympatibesök. Pappans besök grundade sig i dåligt samvete, sonen var inte dummare än att förstå detta. Därför kunde besöken bli fyllda av ångest då det mer var att tysta pappans beteende än att njuta av sina farföräldrars hem. Under besöket i staden skulle denna negativa stämpel suddas ut, det var bestämt redan innan den stora staden lämnades. Bilen fortsatte mot utkanterna av de många vägarna. Kärleken intill blundade en stund och vilade. Han sneglade emot hennes håll och var lycklig att hon ville ta del av hans bakgrund. Det var vackert att veta att hemstaden var av intresse. Objektivt fanns inte mycket att hämta. I stunden när bilen parkerade på en barndomsväns uppfart som mannen fått uppgifterna till, kändes kroppen lätt. Huset tronade nästan som det i barndomen vid havet, och han kände en stolthet över att vännen stannat kvar och värnat om det som blivit till en gammal plats med minnen kring hörnen.

Besöken avlastade varandra, anekdoter från barndomen, vänner som uppenbarligen var gamla nog att förpassas till dåtiden. Pojkvännen diskuterade historier och fakta som blev till en och samma massa i slutändan. Vid ett av besöken

under dagen i hans hemstad, fann hon sig
halvsova vid ett av vännernas matbord. Den trista
inredningen och den utdragna dialekten fick
sömnen att knacka på dörren. En liten armbåge i
sidan från pojkvännen gjorde henne
uppmärksammad på att de skulle gå på visning i
ett av alla hus. Vilken vän de var hos eller om hon
kunde upprepa anekdoter som berättats, visste
hon inte. Det blev en tät dimma och kroppen
längtade efter att få vila ut efter bilfärden på det
hotell som pojkvännen bokat i sin egen hemstad.
Ett faktum hon inte förstod. För henne själv var
det självklart att tillbringa nätterna hos sin släkt. I
stunden kunde hon dock vara tacksam gentemot
sin kärlek att han valt att boka rummet, då kunde
hon vara med honom, han med henne. När
visningen var slut av huset kunde ingen särskild
detalj återges, utan det var som om kroppen per
automatik gick ut på uppfart efter uppfart till
husen. Bilen tog henne vidare, tydligen skulle de
nu iväg till morföräldern till pojkvännen. Sedan

kunde hotellet bli slutstation för dagens
bravader. Hans glada ansikte fick henne själv att
le. Att se honom lycklig var ändå det som var
roten till hennes djupa kärlek. Hennes hand
sökte hans på växelspaken, hon tryckte åt extra
hårt.

Mormor öppnade dörren och från ingenstans,
vid åsynen av sitt barnbarn, föll hon i gråt.
Glädjetårarna rann som vattenfall och föll på
mannens axlar när han gav sin mormor en lång
kram full av kärlek. Efter att de släppt varandra
höll han upp båda armarna som om han ville visa
upp någonting storslaget. Vilket han ville.
Barnbarnets kärlek stod bredvid honom i
dörröppningen och hade uppenbart inväntat
kramens slut. Mormor tvekade inte, utan gav
även flickvännen en lång kram som aldrig
verkade ta slut. Efter presentationen av sin
kärlek, frågade mannen om kaffet var färdigt.
Mormor gav honom en lätt klapp på axeln och
skojade friskt om att han var oförskämd som

antog att allting var serverat. De båda log och
gick in i lägenheten. Självklart hade hon förberett
ankomsten av sitt första barnbarn. Mormor hade
till och med krävt att paret skulle stanna hos
henne under vistelsen, det fanns gott om rum.
Vid vardagsrumsbordet stod hennes staffli kvar
med en, vad det verkade, nymålad tavla. Mannen
kunde se på sin flickvän att hennes ögon lyste
upp när de sökte konturerna och penseldragen
på duken. Även hans ögon blev förtrollade, trots
att han visste om sin morförälders talang och
karriär inom konsten. Kaffet dracks ur den gamla
servisen som hans mormor bevarat i fint skick.
En repa här och där, men annars felfritt. Kakorna
fick vara, det hade bjudits på tillräckligt med fika
hos vännerna. När han sneglade tillbaka mot sin
kärlek, var ögonen fortsatt fastklistrade på tavlan
samtidigt som hon frågade ut mormor om hur
linjerna kunde vara felfria. Svaret rungade
genom ett förvånat skratt och hans kära
morförälder förklarade glatt hur allt gått till.

Främsta anledningen till besöket i pojkvännens hemstad var den att hans farfar fyllde år. Det skulle anordnas en storskalig födelsedagsfest hade han berättat och i hotellrummet pratade de om hur farföräldern var som person och vad han gjort under sitt långa liv. Hon fick försöka vara intresserad av besöket i staden på något sätt, och det fick bli att engagera sig kring festen. Hennes pojkvän berättade om hur strikt hans pappas pappa varit under uppväxten, men att under senare år bli till en gigantisk nallebjörn. De hade upplevt mycket tillsammans, utflykter och upptäckter runt om i landet som enligt pojkvännen var några av de bästa minnen som fanns att hämta. Anekdoterna var betydligt bättre än de hos vännerna, tyckte hon, samtidigt som festklänningen togs på och festen var ett faktum en timme senare. Väl på festen fick hon samma introduktion som hemma hos morföräldern. Det var som om pojkvännen presenterade den största stoltheten som existerat i hans liv. Vilket var en fin känsla, men ändå smått påklistrad. De människor som befann sig på plats, var inte sena att fråga ut henne om allt möjligt som rörde hennes liv, men även vad hon föll för hos sin pojkvän. I utfrågningen sökte hon sig runt och noterade några olika personer som fick svartsjukan att stiga. Men pratade inte om känslorna där och då med sin pojkvän. Han verkade alldeles för lycklig under kvällen för att förstöra den med vassa frågor. Farfar till pojkvännen kom senare under kvällen fram, smått berusad, och gratulerade henne till sitt livs vinst, nämligen hans barnbarn. Hon log fint och skålade med den äldre mannen. Nog hade han rätt.

I bilen på väg tillbaka till deras gemensamma stad höll paret hand och musiken talade för dem. Det hade varit en lång helg med besök titt som tätt, festligheter och ett hotell som inte riktigt höll måttet. Men de hade varandra och pojkvännen hade fått visa sin kärlek sin hemstad. Flickvännen

hade fått se sin kärleks platser som format
honom. Känslorna spirade i deras respektive
kroppar, än mer när de tittade in i varandras
ögon fram och tillbaka under den längre resan
som krävdes för att komma hem. I alla tankar om
besöket fanns mestadels glädje att dela livet med
varandra, men hos henne fanns tankar som inte
funnits där innan. Det som var rädslan kring
besöket hade växt sig starkare när hennes sömn
avbrutits under hotellnätterna. Ögonen hade
granskat utsikten från fönstret. En ödslig stad
som verkade döende, men levande på samma
gång. Samma ögon hade vänt sig in i rummet och
granskat sin kärleks ansikte som sov djupt.
Andetagen lyfte täcket upp och ner där han låg.
Tankarna om de som varit på festen dök upp
trots att de kämpats bort där och då. Frågetecken
kring det förflutna. Hon visste att en inte behövde
veta allt om varandra. Men det var någonting i
när kvinnan och kärlekens blickar möttes, som en
instinktiv känsla dök upp. I bilen kom tanken

upp på sinnets bioduk och ville inte försvinna innan en röst frågade hur allt stod till.

Pojkvännens vänliga röst balsamerade bioduken till det att tankarna växlades över till vackra igen. En talang som bara han besatt. Men innan storstadens siluett skymtades i horisonten, hann tankarna komma tillbaka. Igen och igen. Besöket var fint, men kanske skadligt i slutändan. Kärleken skulle säkerligen ordna allting.

Kapitel 8 – Farväl och välkommen

Flyttkartong välte mot parets lägenhetsgolv när de sprang omkring i lägenheten som varit deras hem i flera år. I kartongen kunde de höra hur någonting gick sönder, men det fick bli ett bekymmer en annan dag. Stressen hade byggts upp i ett par månader och nu var dagen innan avfärd här. Saker var planerade utifrån flickvännens vanliga ordning och reda. I pojkvännens ögon skulle allting flyta på utan bekymmer om de bara behöll lugnet kring de kvarvarande detaljerna. Men av någon anledning sprang de ändå runt och försökte få ordning innan flyttbilen skulle ringa på dörren och hjälpa till att tömma det som varit deras kärleks hemvist. En till flyttlåda råkade nuddas där den stod i obalans på tre andra, men behöll balansen till skillnad från den som faktiskt föll hårt mot parkettgolvet. I all stress stannade de båda till

och i svettpärlorna på varandras pannor kunde
de se varandras spegelbilder. I flyttkaoset
stannade stressen för en sekund och ögonen som
alltid gick att drunkna i blev åter ett dyk ner i alla
känslor. Flickvännen gick mot hennes kärlek och
föll in i famnen. Hans hand smekte hennes
bröstrygg och hon föll i gråt. En blandning av
sorg och glädje. Hemmet skulle lämnas för ett
annat. Ett land skulle lämnas för ett annat.

Avsked efter avsked blev sista dagarnas
stämpel som inte gick att tvätta bort. Besök från
hela landet, vänner och familj. De ville alla få en
sista glimt av paret som nu skulle ut på ett
äventyr som paret själva ansåg skulle pågå in i
ovissheten. Hemma i det stora huset som
pojkvännens mamma fortfarande bodde i ensam,
anordnades en fest för att på ett fint sätt kunna
bli önskad lycka till och få chansen att säga hej då
till de som levt nära i flera år. I rummen stod
flyttlådor som skulle magasineras, i andra rum
låg fortfarande väskor öppna med sitt innehåll

för alla att se. Sista stoppet i landet blev tacksamt mammans hus. Kläder, fotografier, badrumsartiklar, godis från hemlandet, necessärer för en hel armé och enstaka minnessaker. Allting som inte fick plats var placerade i ytterligare en flyttlåda intill väskorna. Med sorg hade både pojk- och flickvän placerat föremål där som de inte visste när de skulle se igen. Äventyret som skulle börja i deras gemensamma liv tillsammans var lika spännande som det var skrämmande. Men beslutet var taget och i skålen som utropades i deras ära, stod de samlade med varandras armar vilandes mot respektive rygg. I skålen kände de hur en gemensam styrka skulle få deras dröm, mest flickvännens, att bli precis det som planerats.

Ljudkulissen inne i flygplatsen präglas av längtan och reklamjinglar. Var än blicken riktas är händelser och produkter alltid nära. Människorna som är på plats ska antingen iväg eller är där för att ge ett sista farväl innan den andres resa ska till att börja. Folkhavet vid incheckningen är som vid en mindre konsert. Någon råkar knuffa till en annan, ett barn undrar vartåt föräldrarna tänkt gå, en personalmedlem viftar till sig näste man till rakning. En reklamjingel överröstar folkhavets myller, ett utlåtande från flygplatsens högtalarsystem ljuder än högre. I denna mix av längtan, avsked och funderingar står paret med sina fyra väskor. Väskor stora nog att innehålla ett helt liv. Ett utvalt liv. Resten av ägodelarna vilar på ett lager i utkanten av vad som nu blir deras forna hemstad. Blickarna riktas mot skärm efter skärm, aldrig bakåt mot att eventuellt gå ut ur flygplatsen och tillbaka till det gamla. Även om tankarna funnits där, är flickvännens dröm om staden bortom Atlanten mäktigast. Ett utlåtande kväver irritationen som finns mellan de båda. Den grundar sig i olikheter vid situationer som kräver snabba beslut. Flickvännen stirrar argsint, med lågt blodsocker, på sin kärlek. Pojkvännen tittar tillbaka med sin lösningsorienterade tanke. I krocken viftar personalen fram paret och de får ge upp sin dispyt kring nästa steg i resan. När passen granskas av personalen söker de ändå varandras händer. Tillsammans kommer de framåt, speciellt i stunder av utmaningar. Det har paret alltid tänkt.

Flygplanet landar på en asfalt som värmts upp av solen vid Stilla havet. Den långa resan har fått planet att väckas till liv vid ankomst. Som om autopiloten fått själva kroppen att stelna och vid landning sträcka på sig som en nyvaken bebis. Passagerarna i planet är alla tysta och lugna vid den hårda dunsen som sker när asfalten svarar hjulen. Några huvuden gungar fram och tillbaka, sover sig igenom landningen. Paret klämmer åt varandras händer när planet säkert rullar på banan och beger sig mot ankomsthallarna. Väl ute i densamma kyler hallen ner deras kroppar efter att ha väntat ute i värmen på att få kliva in i flygplatsen. Den grova dialekten från

lokalbefolkningen noteras direkt, och för bägge
två sprider sig en känsla av välbehag, samtidigt
som nervositeten kring hur allting ska utspelas
blandar sig i. I folksamlingen vid utgången står
chaufförer och viftar med sina vita skyltar. På
några läser pojkvännen typiska namn som
samspelar med landet, på andra helt främmande.
Flickvännen rycker åt sig pojkvännens vänstra
arm och pekar mot en av alla chaufförer. På
skylten i handen står deras respektive efternamn.
De blockeras av andra passagerare som samtalar
med sina egna chaufförer, men kommer till sist
fram till en trevlig och lugn individ. Han
bekräftar deras namn och de nickar artigt tillbaka
utan att säga ett ord.

Längtan i bröstet hos henne svalnade smått
när bilen färdades längs med det turkosa vattnet
intill motorvägen. I och med guppen på vägen,
gick horisonten som en rytmisk linje till musiken
som spelades i högtalaren. Pojkvännen vilade
ögonen och hon kände hur stolt hon var att ha

tagit sig till sin dröm. Den som hängt på väggen i flickrummet. Hon var uppäten av känslan att dela livet med mannen intill, som valt att följa med henne på ett äventyr som kunde pågå tills deras liv var till ända. Så långt tänkte hon inte när vågorna som slog mot kustremsan exploderade som stjärnfall och bilen fortsatte färdas enligt hastigheter som siffrorna inte gjorde logiska. Chauffören frågade en fråga med sin tydliga dialekt, och hon gjorde sitt bästa för att tyda vad som sagts. Han log med sina ögon i backspegeln som ett svar. Kanske hade hon svarat helt fel, kanske helt rätt. Oavsett blev längtan i bröstet som agerat jojo i flera år, mer balanserad för varje meter som färdades i solens strålar, längs en kustremsa som inte slutade imponera. Varje våg var som penseldrag uttänkta i hennes ära. Kärleken till mannen intill var nyanserna som fick allting att bli tydligare. Drömmen skulle bli verklighet och ett nytt liv skulle till att byggas upp. Sten för sten, färgklick efter färgklick.

Veckorna gick som sekunder i ett liv som kändes mer som en fantasi än de drömmar som sömnen tillåter. Arbetsplatser som ordnats innan ankomst, konstprojekt vid sidan av i världsmetropolen som erbjöd mer än vad som kunde föreställas. Karriär i kombination med en fas av livet som speglade varenda dröm om staden på affischen i rummet. Det nya hemmet hade nästan utsikt över havet, bortsett från nybyggnation som snart skulle skymma hela sikten. Golvet var täckt av en matta där tår kunde fastna till om fötterna släpades längs med fransarna. En ny sensation i ett nytt hem. Sovrummet var inrett redan efter två dagar, där kunde paret vila ut efter intrycken som fortfarande skapade idéer om hur allting skulle utformas. På varsitt håll kände de hur det nya landet var en utmaning men samtidigt en möjlighet till skapande. Sida vid sida var pappersarbeten i ett mindre digitaliserat land en petitess, och om bekymmer uppstod sammanstrålade de till en och samma insats. När ett språk som studerats sedan barnsben blev det mest frekventa, finjusterades ord och meningar tillsammans innan fantasin övergick till äkta drömmar. Innan Stilla havet tystnade för en natt, gav de varandra en kyss. En sådan som en bygger drömmar kring.

Dispyten kom från ingenstans i den nerkylda livsmedelsbutiken. Längst in i parets sinnen hade det bubblat runt en irritation som de sällan skådade gentemot varandra. Ytterligare månader passerade av lösningar och framgång i det som var drömmen. Men i valet av mjölk föll ett paket ner i en av gångarna och deras röster höjdes mot varandra som de aldrig gjort tidigare. En stund när illusionen kring det perfekta faller och även kärlek blir till verklighet. En verklighet utan smink, där mörker tittar fram även om handfängsel och munkavel tvångsmässigt trycker ned detsamma. Läpparna darrade på pojkvännen när den förtryckta frustrationen uppenbarligen blev för påtaglig. Grund mot huden att den behövde släppas fri inne i temperaturen som var betydligt lägre än utanför. Ord om att kärleken vinner över allting, men inte sporadiska ordval som faktiskt sårar. Att drömmen hos henne levde tillsammans med en annan som gjort uppoffringar för kärleken. Lämnat hemmet för henne, inte att använda emot drömmarna, men någonstans fanns en mänsklig känsla av att inte tillåtas bli överkörd. Flickvännen tittade oförstående på sin kärlek som var nära till gråt. Få stunder hade hon sett honom sårad. Mest när pappan kom på tal. Men denna gång var hon grunden till känslorna som gjorde ont. Denna gång gick grälet över gränsen och någonting i butiken hände, som präglade deras fortsatta liv i drömmarnas stad.

Vid köksbordet, som köpts några dagar innan då ett annat föll isär, lekte de med varandras fötter och diskuterade samtidigt hur de kommande månaderna såg ut med arbeten och andra projekt. De kände bägge att en semester skulle vara lägligt. Spänningar fanns mellan dem, men ignorerades då känslor med välvilja oftast tog över. Det var ett recept som, sedan grälet i butiken, fungerat. Att se sin kärlek till varandra, att livet går åt olika riktningar men när paret önskar att genomföra nya drag i livets schackspel, behöver kompromisserna staplas. När fötterna möttes under bordet och fastnade från och till i mattan, log de samtidigt som planer fortsatte diskuteras. En semester skulle ordnas. Det behövde de. Kanske till en närliggande stad eller en plats i metropolen. Sedan undrade pojkvännen en sak som fick tystnaden att ligga som ett täcke över köksbordet nya, oslitna, yta. Minen på flickvännens ansikte var tydlig och gick ej att gömma. En önskan om att se sig om i landet. På riktigt. Staden som var deras gemensamma, i ett nytt gemensamt land, var inte helt vad som hade hoppats på när alla insikter och intryck börjat lugna sig i själen. Pojkvännen blev förvånad över reaktionen, kände hur fötterna gled isär under bordet och såg hur flickvännen lämnade bordet. Den kvällen pratade de inte mer förutom en lätt kyss i det nedsläckta sovrummet.

Dagen efter fylldes av arbete. Hon gick till sitt kontor beläget några kilometer från hemmet. Han gick till ateljén för att sprida ut sina tankar på en linneduk. Samtalen från kunderna var tydligare efter flera månader i staden, dialekten var inte lika snårig eller oförståelig. Det var en fröjd att jobba med kollegorna och varje dag kretsade kring att göra saker än mer noggrant. Ibland var dagarna tillräckligt hektiska för att få hjärnan att snurra, men då kunde en träff med vännerna i staden svalka sinnet och skapa ordning och reda. Hans penseldrag i den gamla fabrikslokalen ekade mellan väggarna där fåtal tavlor stod lutade mot väggen. Färger hade pojkvännen så att det kunde räcka under flera år. Av sina bekanta i staden hade han lärt känna individer och återförsäljare som gav honom speciella upplagor och priser. Detta grundat i hans talang för konsten. Omgivningen var fylld av vänner och talangfulla människor som fick dagarna att gå, som fick livet att fungera i staden. Men någonstans fanns känslan att inte höra hemma. Den känslan hade behövts lyftas vid köksbordet dagen innan, men den starka känsloexplosionen kring hans förslag var stor nog att ändra förmedlingen av sin önskan. Hennes liv var perfekt där de befann sig, med siluetten av staden åt ett håll, Stilla havet åt det andra. Tillbringandet av tid med sin kärlek i sin passion från barndomen gick att smaka, det fick lungorna att skapa mer syre till blodet som rusade fram i kroppen.

Känslan av konfrontation fanns i pojkvännens kropp i flera dagar efter köksbordet. I varenda blick mot sin kärlek fanns en önskan om att förklara hur livet kändes. Det var ett liv han var villig att leva, men inte just nu. Beslutet kändes efter tid förhastat och enbart baserat på den villkorslösa känslan gentemot kvinnan som var hans värld. När vänner i staden rörde på sig till andra platser, insåg han att hemlandet kallade på ett vis som inte gick att ignorera. Det nya landet var en plats att utvecklas, men månaderna i metropolen fick nya idéer att födas. Idéerna sökte näring och för varje ny vän som skapade nya horisonter, blev tvivlen större. Kanske var han orimlig som redan sökte sig hemåt, månaderna var fina och innehållsrika. Men det genuina lyste med sin frånvaro. Tankebanor om att paret kanske varit för unga vid deras kärlek började ta form. Slogs tillbaka med samma kraft, men dök upp igen och igen. Fortsatte sätta bilder i huvudet till det att frågan lyftes när paret tittade på film. När skådespelarna spelade ut sina talanger med all kraft, lyfte pojkvännen frågan igen om att förändra livet en del åt hans håll och önskningar. Slutet för paret började i och med orden. Kärleken i hennes ögon avtog, blinkning efter blinkning. Kyssen, innan sömnen vann, var historia.

Kapitel 9 – Ett slut och en början

Året i hemlandet var fyllt av de passioner som alltid skapat glädje i landet. Någonstans inom kroppen fanns ett lugn som varit försvunnet under ett par år. Lägenheten som blivit till ett hem sedan hemkomsten var den oas som fick kreativiteten att spira, humöret att lyfta till nivåer där dagarna kunde bli en utmaning och samtidigt en tillflykt. Karriären var på uppgång utan att de prestationer som förväntades utav honom tyngde konsten. Ateljén på andra sidan staden blev resan som krävdes i vardagen, cykeltur nästan hela året runt. Att få andas ensam blev en landning för sinnet där det förflutna kunde hanteras. Saknaden efter kärleken var monumental. Trösten i det som blev en hemkomst och resa tillbaka utan kärleken, var att den forna kärleken fortsatte leva sitt liv i sina drömmars stad. Det var och hade alltid varit vad som önskades. I drömmen glömde han bort sig själv och paret blev inte den stabila grunden att stå på som önskan var vid ankomsten till metropolen. Ibland fanns tankarna om henne där inuti konstverk eller det som skrevs. Livets kärlek bodde på andra sidan havet, och det var frihet. Det var vad som fick det egna livet att fortsätta levas. Även om det stundtals kändes oerhört tomt.

Solen sken in genom fönstret och intill låg kuddar utspridda i sängen. Gardinen höll tillbaka en del av ljuset som metropolen tvingade in mot kroppen. En rejäl utsträckning av ben och armar, med efterföljande gäspning. En vanlig rutin, en bekant procedur. Året gick och var tomheten själv även om platsen som agerat kuliss var den enda rätta. Lägenheten var halvtom fortfarande även om möbler inhandlats. Köksbord saknades, det såldes innan den forna kärleken gav sig av tillbaka till hemlandet. När hans medellånga hår svajade i vinden när deras sista farväl tog slut, föll det tårar ner på stenplattorna vid ingången. Avtrycken från de tunga tårarna verkade ha skapat märken som fortfarande syntes när kaffet dracks med öppen dörr i den tilltagande värmen. Känslan av att se sig om från dörröppningen blev aldrig gammal, men den kändes udda även om ett år passerat av att inte ha sin kärlek kramandes bakifrån. Köket kändes som en öken och såg ut som det med sina pappersbruna köksluckor och ljusa golv. Bara trädetaljer på golvet fick platsen att inge någon form av inredning. Frukost, lunch när det gick, och middagar åts i soffan framför tv-apparaten som han skänkte till henne. Ilskan att pojkvännen gav upp efter några månader och svek hennes dröm levde kvar. Han kunde gott bo i deras forna hemland. Ingen saknad fanns, ljög hon ihop för sig själv. Livet gick fint där kvinnan var just nu. Det gick bra. Utan honom.

Hennes skönhet fanns avpräglad hos de andra som delade hans säng under den tid som spenderats utan det som var tänkt att vara framtiden. När den gick förlorad och slutade existera i hans absoluta närhet, kunde ibland

kroppen ila till, som en blixt från en klarblå
himmel. När kyssar som var tänkta att bosätta sig
på kärlekens läppar förpassades till en annans,
var känslan aldrig riktigt densamma. Smaken av
hennes hud, röstens ekande toner som fick
hjärtat att slå volter. Ingenting var egentligen som
det skulle. Livet behövde gå vidare och det
kändes som om det var tvunget att vara en
motgång i känslorna, innan det kunde leva till
fullo igen. Tankar om hur det gick för kvinnan i
hennes dröm återkom gång efter annan.
Telefonen ville slå numret till det som varit den
enda stämman som förstod. Men fingrarna
stannade alltid intill avtryckaren. Livet gick
vidare för båda parter av det som var tryggheten.
Sängen var en annans för några nätter. Men
ingen som stannade kvar. I sin stad, den stora
staden som blev ny hemstad, i ett hemland som
saknades väl i metropolen, blev livet nytt och
färskt. Inuti kändes det som om hjärtat ruttnade
och törstade efter den som lämnades kvar.

Skönheten fanns avpräglad på de som kom efteråt. Kyssarna hittade hem, men bara för en stund.

Närvaron från andra som kom efter det som var kärlek, kändes som en vind som inte bar kroppen någonstans. Även om spänningen i att träffa personer från den metropol som skulle vara fantasiernas mittpunkt troddes vara svaret på allting. När kvällarna föddes ur längtan och de vänner som förde med henne ut ansåg att tiden var kommen att möta den perfekte, levde hoppet enstaka timmar. En rutin som pågick under året som följde. Kärleken till den andre var inte glömd, men den var placerad där ingen kan se den eller höra den säga orden som en gång betydde allt. Hemmet fick besök av nya, deras objektiva skönhet och artighet var det som eftersöktes. Enstaka fick grepp om tillvaron. De fick henne att känna på nytt. Men innerst inne fanns inte den doft som fick henne att falla. Den beröring som var lättnaden i ungdomen och

tidiga vuxenlivet. Egenheterna som en gång
skapade en kuliss att bygga närhet kring var borta
och skulle inte återvända. Respekten och
förståelsen gentemot den världen var brusten.
Det var ett felsteg som fick levas med, och livet
behövde levas. Närvaron från andra som kom
efter det som uppenbart varit kärlek, bar kroppen
till längtan, men tappade densamma vid sista
hållplatsen.

Mamman hade sedan länge skapat sig ett nytt
liv i staden som var ett initiativ av pappan och
den gamle maken. En ny man hade hon träffat ett
par år tidigare som var karriärsdriven, men på ett
vis som gjorde att hennes egna ambitioner växte.
Hon blev sedd på ett sätt som inte funnits
tidigare. Resor till orter som fick kärleken att
spira med växtnäring runt vartenda hörn. Kärlek
som levde ut mer än med barnens far. Dock var
tacksamheten till det forna livet präglande. Att ha
blivit kvar i den mindre staden hade inte lett till
livet som nu existerade. Sonen lämnade för en

stund med det som han trodde var livets framtid, men hade tacksamt återvänt till hennes närhet. Sonen verkade lyckligare än tidigare. Dottern var en framgångsrik kreatör som hennes storebror och hade även hon funnit en partner. De tre liven gick som på rälsen, spårade aldrig helt ur, utan tog hjälp av varandra när det blåste som mest. Stoltheten gick att smaka på när den nyfunne kärleken höll hennes hand i den stad som skulle bli ett mörkt hål i samband med skilsmässan. I handen gick hon aldrig vilse, bara stundtals. Då fanns bilden av ett nytt liv där som en karta. Över rätt och fel, fult och vackert.

Månader gick åter som vinden och på sjukhuset satt mannen med sin styvfar och mamma. De vita korridorerna innehöll från och till utbredda konstverk på väggarna som annars sett mycket sorg, storslagen glädje. Sjukhus var inte en favoritplats på något vis. Men denna dag var en glädjens dag. I rummet, som skymdes av en dörr med enbart ett litet fönster för att ge

minimal insyn, fanns den yngre systern
tillsammans med sin livspartner. De träffades
kort efter att han träffade sin forna kärlek. De
fyra blev som två parallella kärlekshistorier som
ville mer. Även om de alla fyra varit unga när
kärleken för första gången greppade sina klor
kring deras väsen. Inne i rummet med den
minimala sikten pågick ett av miraklen som livet
ger människan. Spänningen syntes på mamman i
familjen som höll sin mans hand tills den blev vit.
Mannen, tillika sonen, höll sig lugn men var
samtidigt orolig kring hur det gick inne i rummet.
Dörren höll ljud och ljus borta från korridoren.
Det gick bara att vänta in någon form av respons.
Konsten på väggarna hängde stilla. Färgerna fick
bli punkter för sinnets lugn. I samband med att
en flods blå nyanser följdes åt med ögonen,
öppnades till sist dörren. Ut kom ljud och ljus. Ut
kom en sjuksköterska med ett leende som gick
från kind till kind. Familjen var välkommen in.
Knappast redo att hälsa en ny familjemedlem

välkommen. Men tiden var kommen och familjen
fick förberedda sig mentalt. Inne i det ljusa
rummet fann samtliga skönhet och liv.
Nytillskottet var det som önskats och mer än
detta. Lillasystern såg lyckligare ut än någonsin i
rummet som nu var allt annat än stängt.

Samtalet kom mitt i natten för kvinnan som
inte förstod vad som levde om i det mörka
sovrummet. Hon letade med handen efter
telefonen som av någon anledning gömde sig
under en av alla kuddar. Vibrationen kom
närmare och närmare. Till sist lyste skärmen upp
rummet när kudden försvann och på skärmen
kunde kvinnans bror urskiljas. Fingret svepte
över skärmen och vibrationen upphörde. Den
exalterade stämman på andra sidan verkade ha
glömt att systern bodde på andra sidan världen
och att tidsskillnaden faktiskt existerade. Han
skrek i telefonen nyheter som fick hennes känslor
att explodera och reagera på samma vis. A-laget
var ett faktum i en av hemlandets största

föreningar. Karriären hade varit motig, men nu kom det förlösande beskedet. Pappans skjutsande till träningar och hanterade av besvikelse hade gett resultat, tillika familjens tålamod med att se en medlem vara bitter över förluster. Vinsten var här och när syskonens exalterade röster samtalade på ett vuxet och behärskat vis framgick det att kontrakt var påskrivet. Premiären var flera veckor bort. En önskan om att ha henne på plats var högst upp på listan. En storslagen önskan som i praktiken skulle bli svår. Hon intygade att det skulle gå att lösa, men att det fanns detaljer som behövde ordnas. Innan samtalet tog slut i natten för den äldre systern, förklarade hon sin stolthet. Brodern lät lika exalterad som vid första sekunden av samtalet när luren lades på. Hon log upp mot taket.

På flygplatsen väntade mannen in sin efterlängtade besökare. Beskedet om dennes besök hade kommit för en månad sedan och planerandet var fyllt av fröjd. I ankomsthallen

hängde reklam överallt och människor
återförandes i mängder. Taxichaufförer stod i led
och inväntade passagerare med skyltar. Vissa
människor satte sig vid ankomstdörren från
bagageutlämning, de verkade sitta kvar där i en
evighet. Mannen stod med armarna i kors och
noterade återförening efter återförening. Det var
en fin syn att se hur mödrar tog emot sina barn,
hur föräldrar återvände från sina semestrar. Hur
svärsöner tog emot sina svärföräldrar för att de
älskade dem. Ställa upp för sina nya familjer,
finnas till och invänta kramen som kan ge energi
att följa sina drömmar. Ankomsttavlan visade att
flyget som inväntades var försenat. Inte mer än
en kvart. Men ändå. Därför gick mannen iväg och
köpte en kaffe i kiosken längre bort. Flygplatsen
var opersonlig med viss inredning som var annan
än grå. Golvet var glansigt med små ingjutningar.
De fick vagnarna som passerade honom att rulla
med en melodi. Inne i kiosken var uppenbart
mannen inte ensam om att köpa kaffe eller annat

nöje. Tiden fanns att slappna av. Mannen observerade köns invånare. Några av de som inväntade att bli betjänade var klädda för resa, andra var precis som mannen uttråkade att stå och invänta en bekant. Kaffet betalades för och stegen fick skynda på resterande del av kroppen. Ankomsthallen var full av människor igen som kramades. I folkhavet som stoppade upp resenärer bakom, svängde flera personer runt klumpen framför dörren. En av dessa personer var den bäste vännen från barndomen. Vännerna som tappat kontakten log som de barn de på ett sätt fortfarande var. Vänskapen log inombords över återföreningen.

Kvällen var fortfarande ung när första låten från mannen och hans bäste väns musiklista spelades upp i lägenhetens högtalare. Det var ombytta roller från den dagen när bäste vännens musiksmak tog över deras ungdomliga sinnen och tog dem till takvåningen. Denna gång och under detta besök sov vännen på golvet, en betydligt mer påkostad madrass vilade hans kropp på under nätterna. Studentrummet från forna dagar var ett minne, ett gott sådant. Låtarna flöt på som vatten i bäckar, som droppar på glaciärers yttersta lager av is. Dryckerna fanns i kylen och var måttligt djupa i sin alkoholmängd. Bäste vännen granskade mannens konst och gav feedback. Hård, mjuk och rättvis. Även om livet tagit de på olika vägar, åt olika håll, fanns respekten till varandras åsikter kvar som om de aldrig lämnade. En öl öppnades i samband med vad de båda ansåg var deras ultimata låt. Danssteg ensamma, sedan tillsammans. Röster som sprack vid tonartshöjning från lägenheten ända till kön in till nattklubben. Inträdet betalades i en handvändning. En ny öl placerades i handen och ögonen granskade folkhavet framför desamma. Ett bekant ansikte efter ett annat. Den stora staden var inte som metropolen där forna kärleken befann sig. Människor korsade varandras vägar oavsett hemlandets favorit. Ögonen sökte efter någonting nytt. Kroppen gick mot dansgolvet i jakt på stegen som glömts bort. En kollision. Två ansikten som aldrig glömt varandra, två hjärtan som sagt farväl, som nu sa välkommen hem.

Frågorna flödade från bägge munnar. Blickar som kunde döda, men inte ville. Svaren var otillräckliga. Förvåningen var herre över allt. I ett hörn där en hal soffa stod, skiftade konversationen mellan oförståelse och att skratta åt felstegen som gjorts. Av alla platser var det här som de skulle ses igen. Det forna paret log i en mening, blickade irriterat i nästa mot den andres sätt att prata. I orden tolkades sanningar och lögner. Precis det som fick dem att en gång falla in i glömska. Men glömskan visste inte om sitt namn i nattklubbens låga ljus. Mot varandras axlar var det en stabilitet som ville bosätta sig igen. En klyschig skål mot varandras glas. Ett minne som fick det forna paret att skratta till högt. En inandning för att återfå stundens

sammanträffande. Frågor flödade igen om
senaste årets händelser, mer censur kring
parternas försök att hitta en ny av varandra.
Under orden fanns sanningen och de kände till
varandras sätt att välja meningar. Ett resultat av
ung kärlek, att bli vuxna tillsammans. Hennes
hand råkade svepa över hans handrygg. Av
instinkten att följa sitt inre, sammanflätades
fingrarna med varandra. Ögonen lekte med
varandras pupiller. De höll kvar varandras
synnerver innan de valde att blicka neråt. Sedan
tillbaka. Det gick att gå vilse i varandras nyanser.

Promenaden längs avenyn, som var skådeplats
för deras första möte efter en dramatisk fest, var
som en resa tillbaka i tiden. Deras skratt ekade
mellan fasaderna som då, och trafiken rusade
förbi som pulsslag. Deras blickar tittade in i
varandras ögon för att sedan placeras mot
asfalten. Det som passerade längs avenyn var en
form av återförening som inte vågade hoppas på
mirakel. I mötet fanns en osäkerhet kring vad

som pågick. Chocken att mötas igen på en av stadens alla nattklubbar var inte ett scenario som någon kunde ha trott. Den forna flickvännen fanns inte i staden, den forna pojkvännen skulle bli kvar hemma med den bäste vännen men valde i sista sekunden att ta sig ut. Minuter senare, när lägenheten som var allt annat än deras gemensamma nåddes, blev tystnaden påtaglig. En tveksamhet som även natten kunde ta på. Ett vägskäl där den bäste vännen tillät den förlorade kärleken att promenera hemåt. Lägenheten stod tom, med möjlighet att återuppta en romans och grund i vardagen som verkade förlorad. I nyanserna gick de vilse igen och igen. I de sammanflätade händerna som tvekade kring om detta var logiskt, fanns en sovande jätte. En eld som dog ut för kvickt. Ett subtilt nickande blev starten på en ny början. När porten öppnades gick ett förflutet in. När porten stängdes var en framtid tillbaka.

Kapitel 10 – Beslut och frihet

Kastrullens innehåll i form av vattnets raseri var
ett av få ljud i förmiddagen. Inte ens fåglarna
utanför ville delta i timmarna som spenderades
på nedervåningen. Det gemensamma barnet fick
sin vila tillsammans med sin mamma på
ovanvåningen som många gånger innan.
Kärleken till de båda levde och gav energi till att
skapa en värld av trygghet. Konsten fick ställas åt
sidan för en karriär där familjen kunde
finansieras. Under de senaste åren beslutade den
nyfunna kärleken att hemstaden för flickvännen
var vägen att gå. Äventyret i metropolen på andra
sidan blev illa kvickt ointressant efter mötet på
nattklubben ett par år tidigare. En hängivelse
som pojkvännen drömt om men aldrig vågade tro
på. Flickvännen återvände till hemlandet ett
halvår efter starten på deras nya framtid och blev
snart gravid. Där och då blev önskan att om att
flytta närmare sina föräldrar en självklarhet. Inte

för pojkvännen genuint, men önskan blev till lag.
Trivdes bra i sin lägenhet efter ett första
uppbrott, men när kärleken kom tillbaka kändes
varenda uppoffring som en självklarhet som inte
gick att bestrida. Att ha henne nära igen var silke
för den innersta känslan om närhet, att höra
hennes röst igen var de tonerna som tystnaden
frågat efter. I kastrullen rasade vattnet vidare och
väntade på att få utföra sina mirakel. Ljudet var
ett av få i förmiddagen i huset som skulle vara ett
hem för den eviga framtiden. Dit livet tagit
honom när allting skulle bli fint igen med den
som stulit hjärtat gång efter annan. Hon som kom
tillbaka när det verkade vara över en gång för
alla.

Snabbnudlarna faller ned i kastrullens vatten
med en oväntad hastighet. Saxen, som klippt upp
paketet som förvarat det hårda innehållet, når
inte diskbänken innan nudlarna kokas.
Kastrullen håller dock innehållet på plats med
sina höga kanter. Kryddpåsarna från den billiga

leverantören ligger bredvid spishällen och väntar på att få bli en del av en blodsockerhöjning. På påsarna står någonting skrivet, men det är i form av tecken från ett annat språk. Ögonen vilar trots allt på dessa tecken och försöker hitta en form av logik. Men det fortsätter vara ologiskt.

Motivationen kring det som en gång varit vardagens höjdpunkter, har tagit skada i samband med den snabba hastighet som livet passerat i. Barn och hus, ny karriär som inte motsvarar den kreativa sidan som en gång var hela tillvaron. I kontoret i huset har staffliet och canvas förpassats till bakom dörren. Kontorsutrustning och pärmar har tagit dess platser. Kreativitet har bytts ut mot hjärndöd produktivitet som lever för stunden.

Matlagningen har blivit till en lösning, inte den passion som en gång fick kärlek och kryddor till att bli en drömlik händelse. Mätta magen och inte stimulera den. Nudlarna kokar fortsatt i vattnet och värmen bibehålls på samma nivå,

även om det skvätter titt som tätt på fötter och
ben. En händelse kring en form av matlagning.
Energin eftersöks, energin finns inte alltid där.
Ljudet från vattnets raseri är ett av få ljud i köket.
Fåglarna vill inte veta av husets köksfönster idag,
verkar vara faktumet.

Musik spelas på en låg nivå när nudlarna faller
ned i skålen. Kryddorna strös över de smått
överkokta strimmorna. Magen kurrar och stolen
vägs ner av kroppen som tar plats. Kastrullen
ryker i diskhon och volymen från högtalaren är
lite för hög gentemot tystnaden. Men musiken får
spelas i köket, säkerligen stör den ingen. Strängar
och mild stämma blir ett sällskap vid köksbordet
som liknar det som var hemvisten för
passionerade middagar i metropolen för flera år
sedan. De dagarna, kvällarna och morgnarna
känns som ett liv sedan. Paret var ett annat då,
hungriga kring mat men även kring livet. Det
rådde passion i det som togs an. På väggen
mellan hall och kök, hänger en tavla på paret från

just staden bortom Atlanten. När ingenting rådde på dem. När strävan var mer än ett hus och att en familj skulle lösa bekymmer internt. Nudlarna faller från gaffeln och enstaka hamnar på bordet. En förångad hinna bildas runt de strimmor som faller på träet. Får ligga kvar och göra avtryck. Nudlarna som nått munnen tuggas i takt med trummorna som nu ackompanjerar resterande melodi. Ett nytt försök att hämta upp skålens innehåll sker, med samma resultat. Utanför köksfönstret finns inga fåglar och ingen post fanns i brevlådan som vinkar i vinden från en instabil stolpe. Trummorna ökar sin takt och ljudnivån känns lite för hög. En otakt uppstår, men det är ingen musik, det är fotsteg från ovanvåningen. De rör sig ovanför kökets innertak, vidare mot hallen med grinden, där trappan tar vid.

Fotstegen reser tillbaka till källaren från barndomen. När mamma och pappa tillsammans skapade frukostmirakel när de egna ögonlocken reste på sig. Källarens fönster tillät ljus att blända ansiktet i omgångar. När tröjan kläddes på och fötter mötte det kyliga golvet oavsett årstid, var värmen i magen densamma. Fotstegen följde de ovanför huvudet. De gick kors och tvärs över takets balkar. De yngre fötterna hos honom själv stannade till för att återfå takten till föräldrarnas. En tallrik skramlade mot en annan, mammans röst tillrättavisade pappan, fotsteg smet iväg mot matrummet. Att leta sig upp till köket var en av sakerna som återkom i det som blev det egna familjelivet. Det liv som även systern skapat. Skillnaden var att systerns familj verkade vara den grundpelare som han själv hade hoppats på när sitt eget tillskott kom. Det var en vinst av högre grad, kärleken till barnet var oändlig. Varenda ny dag var en gåva. Men mellan kärleken och honom själv smög saker in på livet igen. Det var en djävul som sagt farväl men nu kom på besök när den kände för det och ställde till med besvär. Flickvännen till honom och mamman till barnet erkände sig skyldig till att tillåta djävulen att återvända i omgångar. Bad om ursäkt och bad om att få tid att upprätta sitt beteende. Det villkorslösa släppte garden och visste att saker skulle ordna sig. Som saker ordnade sig för föräldrarna när familjen samlades för frukost i matrummet. När de yngre fötterna hos honom och hans syster hittade tillbaka till kärnan.

Beslutet att lämna staden, som blivit till en hemstad efter att ha tillbringat vuxenlivets begynnelse där, kändes initialt som det rätta. Kärleken svor att förbättras i samband med flytten, barnet blev avgörande för att det blev genomfört i praktiken. Huset var nära svärföräldrarna, leendet från flickvännen vid åsynen av fasaden fick även hans egna tankar att vändas till det positiva. Första tiden i huset fick paret att växa samman som när de en gång träffades och byggde sena tonår, tidigt vuxenliv, med känslorna som aldrig sviker. Inredningen var mestadels hennes, men det var ett sätt att visa hur han levde för hennes önskningar.

Barnkammaren formades utifrån bägges idéer och blev en blandning av varandras detaljer.

Kring livet blev kompromisserna fler och bättre. Att lämna pojkvännens familj i den stora staden var mindre uttänkt till en början. Även de ville ta del av sonens, tillika storebroderns, nytillskott. Pendelavståndet gick att leva med, men var inte optimalt. Relationen till pappan var även den förbättrad när densamme valt att återvända till staden som familjen blev flyttad till. Pappan var fortfarande ensam efter skilsmässan, kanske hade relationen blivit finare mot sina barn och barnbarn på grund av detta. I slutändan ansågs den innersta familjen vara mer värd än guld.

Sonen till familjen beslutade att lämna staden i samband med pappans återkomst. Beslutet var inte helt överenskommet, logiken kring barnets trygghet fick bli avgörande. Flickvännens vilja styrde paret, de flesta av gångerna.

Utanför fönstret är skogen närmast synfältet, bakom den finns ett fält som ingen riktigt vet vem som äger. Under den enkla måltiden har ljuset avtagit sakta men säkert på förmiddagshimlen. Musiken har spelats upp från början igen, ett av de album som aldrig tröttar ut hörseln får fortsätta en vända till. Mörkret tar över köket mer och mer till det att ett smatter kommer smygandes mot fönstrets glas. Tilltar och smattrar mer och mer. Regnet plågar asfalten utanför med sin väta, fönstret ber om att inte bli anstormat mer än nödvändigt. Ögonen ser inte längre än till bordet undertill när regnet blir som tätast. Husets tak smattrar högre än fönstret, och det blir tydligt att plåttaket behöver ses över. Men det är en punkt för en annan dag. Samma sak med fasaden och med den vingliga brevlådan. Allt har sin tid. Men inte oändlig tid. Regnet påminner om det som ignoreras från och till. Det påminner om att även det vackra kan falla. När det tror sig vara starkast. Utanför ökar vinden sin

kraft i samspråk med regnet. När mörkret äger
hela köket, vänder till sist smattret till mer
tystnad. Stormen åker förbi och tillåter ljuset att
återvända. Men på något vis har brevlådan
ramlat omkull. Den höll inte ut längre. Och
skålen är tom. Nudlarna mättade minimalt.
Fönstret har fläckar efter droppar. Fältet bakom
skogen är nog en sjö nu, även om regnet pågick i
vad som verkade som en kort kyss.

Argumenten blev fler och fler under tiden i
huset. Som om en aggression fanns latent inom
flickvännen och även inom honom själv.
Rösterna överröstade varandra och skapade en
värld av energislöseri. Kanske gick livet för fort i
det som ändå hade blivit den senare delen av
tjugoårsåldern. De goda minerna blev färre för
varje dag men en fasad hölls upp när besöken
kom för att ta del av deras gemensamma
skapelse. Familjen verkade vara andras högsta
önskan och parets kärlek beskrevs som tagen ur
en roman. Nätterna blev argumentens främsta

forum där sömnlösheten kunde nå ut till rymden
för att träffa paret som en meteorit skapad ur en
boll av eld. Hoten om att ge upp och att sälja
huset som knappt hunnit bli bebott fanns bakom
hörnen. De hårda orden låg på tungor, smakade
salt. Att deras barn inte förstod vad som sades var
någonstans en tröst i ilskan. Utan att såra det
unga sinnet med en obalanserad kärlek mellan
de som stod barnet närmast. Ibland var soffan på
nedervåningen platsen för grund vila, natten
skiftade från sömn till att trösta ett ledset
barnansikte. Överlämningen från förälder till
förälder blev kyligare, till det att inga ord
yttrades. Även om hans kärlek till sin partner
aldrig dog, den kämpade till den tappade andan
av ansträngningen. Hennes andning verkade ha
gett upp. Barnskriket i brist på annan
kommunikation hördes nu från övervåningen.
Fotstegen påminde inte längre om
barndomshusets. De stampade mer och åkallade
uppmärksamheten från undertill dess bjälklag.

Musiken spelade i takt för en gångs skull och trummorna var en form av duett till de allt mer frustrerade stampningarna. Mannen reste sig upp från sin tankestuga vid köksbordet och lyfte i samma rörelse med sig skålen med ett par trötta nudlar som drunknat i en billig buljong.

Vattnet i diskhon öste över kastrull och skål. Det forsade ner i skålen, upp mot en av diskhons väggar och tillbaka ner mot avrinningsrören. Varmvattnet gav värme mot ansiktet och händerna som kvickt fördes bort när värmen blev för stor. Samtidigt som vattnet rann ner, hälldes diskmedel nonchalant ner i vattnet och skapade efter ett par sekunder en bädd av skum. I skummet kunde mannen gömma sina tankar, i bubblorna som hopade sig var små spegelbilder närvarande. Vattnet forsade vidare. Musiken ljöd i högtalarna. Alla ljud i samklang fick de påfrestande tankarna att avta en aning. Önskan om en fin framtid fick härska fritt i huvudet. Köksbordet torkades av med en fuktig trasa som mött värmen tidigare. Fötterna följde musiken och kranen forsade vidare. Köksbordet blev glansigt av dragen med trasan, i glansen såg han sig själv tydligare än i skummets bubblor. Det gick att känna hur han log, sedan även se det i spegelbilden på bordet. Stegen följde musiken igen. Sedan stannade kranens forsande till, samma sak med musiken. Mitt i en av favoriternas refräng. Köket var inte tomt längre. Med handen vilandes på kranen stod livets kärlek och granskade honom ilsket. Barnet satt lugnt och stilla på höften med en av mammans armar undertill. Skummet nådde upp till diskhons sista nivå. Den ilskna blicken granskade vidare och paret som funnit varandra och lovat framtiden tillsammans, tittade in i varandras ögon. I de nyanser som en gång fick dem att båda gå vilse. Denna gång skulle bli den sista då ett hopp levde. Hoppet om att bli gamla tillsammans. I nyanserna brann kärleken upp, allting föll. Barnet tittade glatt på bubblorna i diskmedlets skum. Föräldrarna och familjen var ett minne blott.

Efterord

Ett liv levs inte utan sina motgångar eller utan medgångar. Åren passerar som rinnande vatten och i dragen uppstår utmaningar och möjligheter. Vissa större än andra, utvecklar människan till det bättre, ibland sämre. Snabbnudlar i Bollebygd är min historia om hur kärleken och hängivelsen till en annan individ tar oss på resor som inte gick att bemästra eller skriva i förväg. Resorna behöver upplevas och genomlidas om de är av negativ natur. Att älska är en form av rysk roulette, då det kan innebära att ge sitt hjärta rakt ut vid fel tidpunkt eller till fel person. Men att älska är den modigaste aktionen som existerar, ett blottande av det mest intima och mest sårbara. Personen som ger sitt hjärta rakt ut till en annan, riskerar att falla djupt från en hög höjd. Samma person ges möjligheten att leva fullt ut, om kärleken leder rätt. Charmen i farhågan att eventuellt bli sårad på ett vis som hänger kvar i år, är den att vid lyckade känslor är du aldrig mer ensam.

Anledningen till att denna bok skrevs och att historien funnits inombords, är den att kärleken till min bäste vän går över de gränser som världen tror stannar upp omtanke och känslor. Sedan vi sågs för första gången har över 28 år passerat. Sida vid sida har vi sett varandra växa, mentalt och fysiskt. Vi har sett varandras hjärtan gå rakt itu, vi har sett glädjen sprida sig på varandras ansikten. Våra föräldrar är bästa vänner, och den traditionen fördes vidare från och med året 1993. Min bäste väns mod, prestationsbegär, känslospel och vackra inre samt yttre gör mig stolt att varje dag kunna känna hans närvaro. Stolt att kunna kalla honom för min punkt i livet som aldrig försvinner. Han har stannat när andra lämnat, pratat när andra valt tystnaden och fortsatt när andra skulle ha gett upp.

Kärleken har tagit honom på resor i världen. I det inre och i de mörka dalarna som är sårbarhet. Känslor har levt för de han valt att älska och fått en själv att se upp till den villkorslösa passion som han skänker de i sin absoluta närhet. Och i den närheten vill oftast ingen bli förpassad till gränsen utanför. Min bäste vän får kärlek att framstå som en lek, som en kamp men också som det enda som egentligen spelar roll. Materiella ting, resor eller karriär kommer vid sidan av. När en hand finns till att greppa i bra som dåliga tider, är den alltid just hans. Den sviker inte, den väljer att finnas när andra försvinner bort och belastar en älskande själ med sina egna interna bekymmer.

Den största gåvan som min vän gett världen är hans son. Min gudson och skatt i det som ändå är en kort stund på jorden. Med dessa två blir världen en finare plats med frågor om livet. En pappa och bäste vän där dagar kan upplevas som lärdomar. En enkelhet med komplexa känslor, en plats att finnas till och bli förstådd. Tacksamheten att få ha min väns son i livet är och kommer förbli en uppgift att värna om.

Avslutningsvis behöver tack ges till individer som skänkt inspiration till denna boks historia. Till mina föräldrar, ni har funnits där i den mån ni kan för en person som ibland kan bli överväldigande. För förståelsen att enbart lyssna är tacksamheten monumental. Till Kim, min äldre bror. Du är min hjälte. Till Casper, min yngre bror. Fortsätt vara den du är, du kommer bli en otrolig person. Till Tor, en vän som vunnits i en stad som verkade förlorad. Farmor och Farfar, förebilder ur en annan värld. Till Mormor, rakastan sinua. Till Matteo, min bäste väns son. En del av mitt liv, en del av mitt hjärta. Slutligen, Philip, denna bok är för dig. För allt du gör, gjort och kommer göra. I mitt inre bor du för alltid. Ingen kommer dig nära. Min vän, min bror, min evige stöttepelare. Tack.